◉ 相约名家·"冰心奖"获奖作家作品精选 ◉

XIARILIDEZUIHOU
YITANGBANCHE

夏日里的最后一趟班车

符浩勇 著

高长梅　王培静/主编

九 州 出 版 社　全国百佳图书出版单位
JIUZHOUPRESS

图书在版编目（CIP）数据

夏日里的最后一趟班车 / 符浩勇著. -- 北京：九州出版社，2013.5
（2024.4 重印）

（相约名家·冰心奖获奖作家作品精选 / 高长梅，王培静主编）
ISBN 978-7-5108-2098-4

Ⅰ.①夏…　Ⅱ.①符…　Ⅲ.①小小说 – 小说集 – 中国
– 当代　Ⅳ.①I247.8

中国版本图书馆CIP数据核字（2013）第083835号

夏日里的最后一趟班车

作　　者	符浩勇　著
出版发行	九州出版社
地　　址	北京市西城区阜外大街甲35 号（100037）
发行电话	（010）68992190/3/5/6
网　　址	www.jiuzhoupress.com
电子信箱	jiuzhou@jiuzhoupress.com
印　　刷	三河市恒升印装有限公司
开　　本	710 毫米×1000 毫米　16 开
印　　张	9
字　　数	130 千字
版　　次	2013 年 5 月第 1 版
印　　次	2024 年 4 月第 10 次印刷
书　　号	ISBN 978-7-5108-2098-4
定　　价	49.80 元

出版说明

　　冰心是我国现代文学史上著名的作家，她的儿童文学作品和散文在中国文学史上占有重要位置。

　　这里所说的"冰心奖"包括"冰心儿童文学艺术奖"和"冰心散文奖"。

　　"冰心儿童文学艺术奖"创立于1990年。创立以来，它由最初的单一儿童图书奖，发展为包括图书、新作、艺术、作文四个奖项的综合性大奖，旨在鼓励儿童文学作品的创作出版，发现、培养新作者，支持和鼓励儿童艺术普及教育的发展。其中，"冰心儿童文学新作奖"与"宋庆龄儿童文学奖"、"陈伯吹儿童文学奖"、"全国儿童文学奖"并称国内四大儿童文学奖。

　　"冰心散文奖"是一项具有权威的全国性的散文大奖。冰心生前曾是中国散文学会名誉会长，"冰心散文奖"是遵照其生前遗愿而设立的，旨在彰显我国散文创作的成就，不断评选出题材广泛、思想敏锐、着力表现现实生活，创作形式风格多样的优秀散文。"冰心散文奖"是与"茅盾文学奖"、"鲁迅文学奖"并列的我国文学界散文类最高奖项，也是中国目前中国散文单项评奖的最高奖。

　　《相约名家·冰心奖获奖作家作品精选》共收录近年来荣获"冰心儿童文学艺术奖"和"冰心散文奖"的三十位作家的作品。这些作品无论是小说还是散文，或抒写人间大爱，或展现美丽风光，或揭示生活哲理，或写实社会万象，从不同角度给青少年读者以十分有益的启迪。

　　随着中小学课程改革的深入与发展，让中小学生多读书、读好书早已成为共识。我社推出本套大型丛书，希冀为提升中国的基础教育、为青少年的健康成长尽一份力。

九州出版社

目 录

CONTENTS

目 录
C O N T E N T S

目 录

目 录
C O N T E N T S

茶仙

我们农场的绿茶茗香闻名遐迩。

但在我们茶厂，有整套品赏茗香本领的还要数"茶仙"老张，什么杭州狮峰龙井的甘冽清雅、福建安溪乌龙的绵久清香、云南普洱之悠远醇厚等他都能从茶的颜色香味娓娓道来。他常常总是援引佛教的修炼境界，对绿茶产地颇至推崇，诸如，"看山是山，看山不是山，看山还是山。""茶道就是禅道，禅道里渗着茶道，茶道里盈满禅机。""阿拉伯人品茶有三道。第一道苦若生命，第二道甜若爱情，第三道淡似微风。"而茶本身就是禅，茶意如斯，心境如斯。每人品茶，会有一番感悟，只不过人生不同，经历不同，感悟也不同罢了。不论是渐悟还是顿悟，就看个人的造化了。

我曾问他，我们农场的茶叶如何？他连连摆手说："不行，不行，我们厂里的茶呀又涩又混，不能喝。"他要喝茶就喝外地的茶，喝多了名茶自然就能品得出真经。每当与他切磋茶艺时，他都主动说起他对品茶艺术颇具独到之处，如尝茶：从干茶的色泽、老嫩、形状，观察茶叶的品质；闻香：鉴赏茶叶冲泡后散发出清香；观汤：欣赏茶叶在冲泡时上下翻腾、舒展之过程，茶叶溶解情况及茶叶冲泡沉静后的姿态；品味：品赏茶汤的色泽和滋味。

当地人每逢外出旅游观光捎回名茶，总是爱请他一起品赏。记不清从何时起他落了个"茶仙"的雅称。

我是茶厂里推销茶叶的。这些年，我走南闯北，带回来的也是各地各式的茶叶。每当从外地带回新茶叶时，总是不忘诚邀他过来，一边品赏新茶，一边海聊茶经。

今年夏末的一天，我从海南回来，带回来两包南海白沙绿茶。那晚，我刚吃完饭，茶仙却不请自到，我连忙嘱咐妻子忙着张罗茶几，搬到庭院里。

我们走到桌边围席坐下，同他聊起此行的所见所闻。

不一会儿，妻子端上茶壶来了，随后烫壶、置茶、温杯、高冲、低泡、闻香，分别给茶仙和我斟上一杯。于是，我与他很快就转到茶经上。

"何方特产？"他问。

"请吧，南海白沙绿茶！"

"阿弥陀佛，原来是佛门茗香呀。"他双手合十向着茶杯作了一个揖，然后伸出右手，用拇指和食指夹起瓷杯，中指托住杯底，可谓"三龙护鼎"，将茶杯递到嘴边，"嘬"的一声，茶水吮入嘴内。

只见他微闭的眼睛，两片嘴唇轻抿着，似乎用舌尖打转两三次，而后巡回吞吐，斟酌茶的味道。随即打了一个响指，然后拍了一下大腿，嚷道："好茶，好茶！"说着头发一甩，端起茶壶又自己倒上一杯。

我欣赏着他品茶的姿态，笑着也给自己续上第一杯茶。随即轻轻呷上一小口，顿感苦味而上，再缓缓吞噬，顿觉舌本回甘。

我愣神地看着他，说起南海白沙绿茶的妙处：这茶是陨石坑孕育出来的品牌。经考证，70万年前，一枚巨大陨石着陆砸出大坑，是迄今我国唯一被确定的陨石坑。茶园位于陨石坑方圆10公里处小盆地中，与原始森林毗邻，环形山脊流入丰沛的水汽，经年云蒸霞蔚，空气和水都呈无污染状态。土壤含元素多种，微量元素奇特，独特的自然环境成就了茶树的香远品孤，冠绝一方。茶叶含有丰富的氨基酸、酶类、芳香物质、多酚类和生物碱等物质，具有生津止渴、提神益思、敌烟醒酒、提高人体免疫力等功效。

他凝望着杯里舒展游动的茶叶，带着几分经验式口气，说："从茶色看，此茶绿中带幽，混中透明，乃产地气候水土极秀之至；从味道上来说，清甘润喉，沉香沁肺，非生地勿长，品味这茶，如果用山地甘泉，则更是一番禅中仙道享受……"

听他一番品评高论，我又呷上一口，觉得余味无穷，但就是领略不到他所说齿颊留香身心舒畅的那种雅致滋味，从内心不由暗自更加钦佩他品味茗香的本事。

我们一边喝茶，一边品味，不知不觉间，已近子夜。

夜风起了凉意，吹来谁家孩子的哭闹声，杀猪一样尖叫，间或，又飘来女人厉声的叱骂。空中不知何时挂上了一弯残月。远处，还浮动着三两声疲惫的狗吠。

他起身告辞，却一步三回头嘱我捎回名茶别忘了他，似乎留恋着绿茶的香高味长。

送走茶仙，我踅身从院子里将茶几搬回屋里时，却倏地发现，从海南带回来的两包南海白沙绿茶原封不动地搁在茶桌上。

我连忙唤来妻子："你泡了哪里的茶？"

妻子说："我们厂里的茶呀，两包南海白沙绿茶你不是说要孝敬厂长吗？"

天哪，我们的品茶禅道到底怎么了？

来去野猪林

街对面那家"野猪林"酒店，三年前只是一间抱罗粉店铺。

那时两间临街铺面打通了中墙，半间为厨，一间半为堂。年过半百的老发爹掌勺，二十出头的女儿跑堂。每个墟集，刚蒙蒙见光，父女便起身了，摆好六七张八仙桌般大的圆木桌，十多张巴掌大尺余长的凳子，每张桌上又搁着用糨糊空瓶装满的竹筷子，然后老发爹甩响扎在腰间的围巾，吆喝两声便开市了。我那时刚到这个小镇蹲点，图方便常到那里吃早餐，老发爹每回见着我，脸上就露现巴结的笑纹。至今我仿佛记得那时的抱罗粉真的又白又嫩又软又滑，老发爹又总是能弄出香喷喷的花样，我每天去了吃，次日又吃而去。

野猪林酒店取代抱罗粉店铺也只是两年间的事，却已见一定规模，原来两个铺面被一栋三层阁楼代替，而掌厨的是老发爹的女婿宽财。据说是他无师自通练就一手调味配料招数，不咸不淡、又脆又滑、爽口香醇、爱吃什么味的就能吃出怎样的味来；跑堂里每天十余张餐桌围得拥拥挤挤，女人一个跑不赢，就招了四个山味野气十足的村姑帮手。以往老发爹的抱罗粉店来的吃客都是赶墟的农家人，日午了就叫上一碗半勺的权当时顿充饥，最奢侈也只是加打一只鸭蛋，匆匆地吃又匆匆地走。而今宽财的酒店来的吃客却是贵贱不分，宽绰人家或者外来商贾来吃是图新鲜实际，而吃力卖气的农家人花上二十多元照得来杯米酒吃得潇洒风景，总是见吃了去，去了来……

我踏进野猪林酒店，再不是来小镇蹲点，而是镇里的挂职科技副镇长。

镇里虽然每月饭局不少，但也不至于我每天都应酬，加上镇政府没有食堂，经商定每月付600元给酒店，我没饭局时就去吃便饭。头一回，镇书记带我去时，宽财对我一笑，我倏地想起蹲点时老发爹与我照面的神情。我记得那次陪书记吃饭，宽财也过来倒两杯，结账时挂镇政府680元。此后，只要镇政府没有应酬或是有应酬轮不上我忙活，我就往野猪林钻，不时也就会逢上宽财，但这时他不是主厨，成了袖手旁观的老板。我发现他手上戴着一只很抢眼的钻戒，又抽着名牌"三五"洋烟。后才听着他买中街上的"私彩"，冒头包尾三字乱赌赢了近10万元。有时他掏烟时看了我一眼意欲甩给我，我连忙摆手婉谢。我很知趣，镇里一个月付600元，我也只能是稀饭送咸鱼或菜脯同样吃得精神健旺。

之后，我去酒店，逢上宽财，他咧嘴招呼我："来了？"我也回答："来了。"只是他不再向我敬烟，好在我也不着意，待跑堂的村姑端饭上菜我便填肚走人。再后，我去酒店，好不容易逢上宽财，他仍招呼我："又来了？"我只笑笑算是应答，可从他脸上再找不到那种巴结的和颜悦色了。

转眼半年过去。此期间，镇里组织下乡搞野种培植，我几乎都吃睡在乡野田头，已是许长一段时日不去野猪林了。

本来那天县上来了人的，镇长也嘱我去陪宴，只是我手上要赶一份材料，镇书记要用作汇报的。于是我就往酒店跑，匆匆点了份简单的快点，宽财见着我："你还来？我以为你早不来了？你这样是要吃到什么时候？"开始我不怎么明白，就说："没应酬我还会来。"没想到，他狠狠吸了一口烟，呼出浓雾罩住脸孔，说："你也是一个镇长，虽是副的，但也食人间烟火吧，吃喝也总不能这样节俭，镇政府也不至于困难到用一顿饭打发你一个月伙食；其实，你可以点别的什么特色风味菜，也算是接待朋友或亲戚，账挂了，镇政府也会认账的。"直到这时候我才明白，他是担心我的600元会吃蹦掏空他的野猪林。

我不好辩争什么，只说："粗茶淡饭很有利于健康，要奢侈排场我不能破这例。"宽财仿佛刚酒足饭饱，打着隔，用牙签往牙缝剔着什么，说："你也太死脑筋了，不吃白不吃，吃了也白吃，又不见让你掏衣袋，至少变个味换个胃口又能怎样？当今除了小孩不换，老婆也能变，你看我不就离了，我又结婚了……"

这么一说，我才想起已有些许时日没见到老发爹的女儿忙来紧去的身影了。曾经多时，我总是见到她额头渗出细密汗珠，有时还咳嗽，仿佛遇有什么卡在喉咙间，喘咳不出来，脸颊透出病态的桃红。宽财盯着我，说："下回你来，我帮你点个野味，你们喜爱吃，吃不完打包走，账你记上就是了。你不就是来镇里挂职吗？挂账也是一种体验！"

我正待回话，宽财爱看不理般向厨房走去，好像有谁在招呼他。我忽然发现他的头发不知什么时候已用摩丝至少不至于用口水整理出一派油滑。而此后，我再也不敢去野猪林揩油了。

模糊数学

清晨，我刚起身，就被窗外羊群动人的咩叫声吸引；我推门而望，外面大雾弥天，一派朦胧模糊。

昨天，我们一行两人到达山下时层峦叠嶂，远黛凝翠，脚下小溪清澈如洗。正逢牧羊姑娘赶羊归栏，小羊羔拥聚到栏栅下的清溪去。羊一站到水边，水里就映出羊的影子。水边的羊低头喝水，水里的羊也低头喝水。它们不是在喝水，像是要亲一个嘴，嘴一亲到，羊的影子就被圈圈涟漪弄模糊了。喝完了水，羊没有马上离开的意思，而是像穿着棉红翠花衣的牧羊姑娘饶有兴致地朝我们望。我平生第一次从城里闯进山来，看到山光水色映衬下的白云飘移的羊群和火苗跳蹿的红翠衣，兴奋地按下了照相机的快门。

原本想乘着晨曦再有新的收获，没想到，一夜之间，大雾遮蔽的山峦只留下淡淡的轮廓，却挡不住羊群咩咩的叫声。忽然，我发现一串红红的东西在雾气中簌簌抖动，以为是牧羊姑娘的身影，就披衣出门去追索，可走近前看，却是路上夜里从花苞里伸钻出来的山丹红。极目四野，大雾将边远的牧场罩上了一层淡淡的轻纱，让原本清晰的东西模糊起来，从而也带来一种别样雅致的美，一种蓝天日光下看不到的美。

这个埋在大西北这山皱褶里的牧场是我国稀有羊种仅存的养殖基地。其生产的羊毛质地属亚洲独有，用其制作的商品价值连城，弥足珍贵，享誉世界。民间更传谣，羊羔生吃乃仙境美肴，化癌除瘤，颇有长生不老之誉。我们此行是为世博会添彩经层层申报批准才来的。昨晚的接风宴上，从未出过远门的牧场场长神秘地告诉我们，种羊的生长环境只有大雾沐浴才能得天独厚。真没想到，这一早起来，我们果真被大雾包围，可爱的牧羊姑娘早放牧离去，山野里只回荡着羊群咩咩撒欢的叫声，我不由暗暗为天公造物而称奇惊叹：山水融洽，天人合一，大自然里一种朦胧意象的美，一种超越时空模糊的美。

读大学时，我曾经惊诧于模糊数学的概念。大凡莘莘学子，曾几何时都留有微词：数学学科原本应比任何科学都来得更加清晰，讲求精确，怎么还能有什么模糊数学呢？而一旦接触其精髓真谛，都会觉得模糊数学当真是一个了不起的突破。在人类社会中，在日常生活间，在实践科学里，有着众多模糊的东西，无论如何也无法否认这些东西的模糊性。而在大自然中，比如，在这远山里的牧场模糊不清的东西更多，连给人的审美观念都不例外。有很多东西，有很多时候，比如，雾中的羊群、跳动的山丹红都在模糊中反而显得美丽，别有情趣。而往往这个时候，观赏者有更多的自由，有更多的空间，上天下地，纵横六合，神驰于有无之乡，情注于幻象之中，你想它是任何样子，它就会成什么意象。

我们的采访中午结束，饭后要乘仅有的班车向山外走。

然而，我们谁也没有想到逢上毕生的惊遇：好客的牧场场长杀了一只小羊羔，清蒸出盘，端在简陋的餐桌上。

我们为始料不及的意外倒海翻江：不是说羊种的繁殖保护比人的性命还金贵吗？

牧场场长却哈哈一笑：你们怎可同牧羊的小姑娘一般见识？如果真要追查下来，我会说，那是被恶狼叼走的，这些年来，反正狼吃羊也是常有的事……

送灯

冬日是乡村婚嫁频繁的季节。下村陈奶奶到石头家来找他爹，来了，又走了；走了，又来了。刚放午学的石头终于听到了陈姑姑要出嫁的消息。他心里猛地忽悠了一下，心跳便快了许多。爹是村里仅两部拖拉机机手之一，每逢婚嫁人家都会来找他帮忙拉嫁妆。

在乡下，有闺女出嫁，都得要娘家人用车（那时候只有拖拉机）去送嫁妆。而在这车上，是必须得有一个小男孩的。他坐在嫁妆中间，把嫁妆护到姑娘的婆家去，这就叫护车。让一个小男孩送灯，完全是图吉祥。嫁妆为财，男孩就是丁，就是图人丁兴旺。而护车送灯的仪式是：当车停在新郎家门口时，接车的一拥而上，解绳子的解绳子，扛东西的扛东西。这时候，小男孩的权力就大了，点上一盏马灯（意为丁火）高高举起，接车的够不上手，又怕灯火灭了，怎么办？拿糖，拿点心，拿钱来，钱少了还不行。最后，糖有了，点心有了，钱也攥到手了，小男孩也就撒手不管了。

"陈姑姑真要出嫁了？"石头缠着娘问。"真的，我得去陈姑姑家一趟。"娘说着，便进屋去。从屋里走出来，手里多了一块花布料。石头说："我也去。"

"你去干什么？"

石头瞅着娘出门，心里有点没着没落的。让他给陈姑姑护车送灯，可是陈奶奶跟他说的呢。有一回娘带着石头去陈奶奶家里玩。陈奶奶见到石头，摸着他的头说："你看这小子，长得多灵气，等小梅出嫁，就让他来护车送灯。"自从听过这话后，石头就一直盼着能听到陈姑姑出嫁的消息。

石头坐不住了，他走出院子，朝下村陈奶奶家走去。

"你就不会在家里待一会儿，下晌不上学了吗？我也快回去了。"娘见到石头来了就骂。

石头靠着门框，两只眼睛紧盯着陈奶奶，他很想听到她重复一遍她说过的话。可陈奶奶就是不说。这时候，娘直起身子，说："该走了，这么大小孩还缠脚呢。"

石头支棱着耳朵，盯着陈奶奶的嘴。一直来到大门外面，他也没听到有关护车送灯的事。他一边向前走，一边不停地回头，看着陈奶奶满脸的笑容，眼珠都红了。

这样的日子真是难熬。每天早晨起来，石头便问娘："距下村陈姑姑嫁人，还有几天？"

娘光笑，撇着嘴说："人家陈奶奶又不见得硬让你护送了，关键是那天你不去上学吗？"

石头不作声了，他担心陈姑姑出嫁那天不是周末。转而想，不是周末就请假，不过，眼下不好对娘说。

这一天上午，逢周六，石头看到爹将拖拉机开到下村陈奶奶家去了。

果然，刚吃过午饭，陈奶奶便跑来了。她进门便塞给石头两块糖，然后双手捧起他的脸蛋说："明天，咱可得起个大早了。"石头终于如愿以偿，陈奶奶让他给陈姑姑护车送灯。

"他嫂，梅子她婆家远，明个让石头起个早。"陈奶奶似乎又想起了什么，说，"对了，石头，明天到了那边，你可要把灯举得老高，谁抢也不让他抢。他给你糖，你就逗他一下；他给你点心，你就再闹他一阵。可别撒手太早。他给你钱才罢呢。"

不过，陈奶奶刚走。娘便跟石头说："可不能那样使玩闹，千万要让灯亮着，不能晃灭了。人家给你个十元八元的，你就让人家接过去。"石头听不进娘说的话，他只盼着天快些黑下来。

那天夜里，石头失眠了。他躺在床上闭上眼，可就是说什么都睡不着。

东边的天空还没有丝毫要亮的痕迹，石头就起身了。这时候，爹已发动了拖拉机，本来是打算去下村装嫁妆后才回来接石头的，石头却跑过来，一下子蹿上车头，爹挪了两下屁股，他便坐稳了。此时，石头紧张了好几天的心终于放松了下来。

上到路上，拖拉机车在晃，人也在晃，天上冷白冷白的月亮也在晃。石头这时坐嫁妆中间并不觉得冷，一打哈欠，却呼出一团白雾热气。从车尾后门望开去，天地茫茫，一片混沌。凭着疲惫的狗吠声，才知道是走近了村子。可村子晃不了几步又甩过去了，剩下的也只是狗吠声。在此起彼伏的狗吠声中，过了一个村子又过了一个村子。可在不知不觉中，石头竟然睡着了。

石头是在一阵鞭炮声中醒来的。他抬起头，看到天已大亮，外面围了很多人，这些人他一个都不认识。他心里一下子毛了。更让他难受的是，他发现嫁妆与马灯，不知道什么时候都让人家给弄走了。

石头下车后终于看到了爹及村里同来的。他们正坐在屋里人模人样地喝茶，看到他，就一脸坏笑。他便忙低下头，觉得脸都丢尽了。那些糖、点心，还有钱，他一点儿也没捞到。本来打算得好好的，可现在什么都没有了。他心里难受极了。

那顿饭石头都不知道是怎么吃的。他光记得在回家的路上，人家这一句那一句，都在挖苦他。有的说："我回头一看，这小子竟歪着脖子还没睡醒，我还没来得及叫他，就让人家把嫁妆搬下去了。"有的说："石头，你要的糖呢，拿出来让大伙尝尝。人家送灯的钱呢，拿出来让大伙看看。"

本来石头心里就不好受，让人家七嘴八舌地数叨，满肚子的委屈就憋不住呜呜地哭起来。还是爹安慰他说："石头，该你得到的，可一分都不少。可钱，我不能给你，我得交给你娘，开春缴学费呢。"可石头听着感到失落了什么东西。

是护车送灯回来好几日了，石头听爹跟娘说起陈姑姑婆家接车的事："要是石头没睡，把灯举得老高，人家看小子头面或就会多给几个钱……"

女儿的舞蹈

指导老师攥着一把长尺，敲着桌台，面无表情地说："安静，安静了，大家仔细看着我再示范一遍，然后每个学生都跟着模仿一次，有不规范的，我再来逐个纠正。训练是辛苦的，但不辛苦，哪能取得成功。"

世博会期间，主办方为办好一台中外小朋友欢聚晚会，每个周末将所有参加演出的孩子集中起来强化训练，可每天陪伴10个孩子来的还有10位家长。这是第六天了，本来是妻子来的。可今天朱教授在集训地办事便一同来了。听着指导老师用长尺敲响台面，他知道那是无奈而郁虑，他也曾因为学生对文言文的迷茫而焦躁。

女儿本不是学舞蹈的。但自从她被选拔参加中外小朋友晚会训练，显得格外来劲，也肯动脑筋了。近几个星期，在家里只要有空，她就自觉地对着镜子比画，接着一边听着音乐，一边做着动作，一会儿又用脚踩音乐的节奏，一会儿又调整动作与节奏合拍，最后才进行全身合成。几天下来，他认为女儿跳得总算有模有样了。可刚才指导老师说到规范，他心里又一下子没底了。

伴着舒缓而熟悉的旋律，指导老师在台上转动飘移起来，边示范边讲解，终于在家长的热烈掌声中结束。她停下来，绷紧的脸笑了笑，可给人的感觉像哭。她说："这个舞的动作虽然简单，但音感很强，却也要求很高，用肢体展示花瓣纷纷落下，由花瓣纷纷落下想到光阴易逝，用舞蹈诠释美丽的瞬间，不下功夫，就很难跳出味道来。"

终于轮到女儿上台表演，朱教授的心顿然蹦跳起来，他指望女儿能为他争气，又害怕指导老师的严厉让女儿难堪。眼下指导老师的脾气显然有些躁，没有半点肯定鼓励的口吻，先是说女儿的动作不尽规范，过于刻板，后又嫌女儿跳舞踩不着节奏，缺少乐感，根本跳不出花瓣纷纷落下的味道。

朱教授平静地盯着女儿的舞步，女儿显然很争气，反复行走了几回，指导老师又耐心地指点了一番，可女儿最终还是焦虑了，越来越踩不着音乐节奏。他迎着女儿瞥过来的目光，女儿似乎害怕他失望而生气。他装作一副毫不在乎的样子，他不想给女儿增加压力。可妻子却不善人意，脸上流露出不悦之色。女儿下台时已是满头大汗，他迎上去，说了一句他平日最爱对学生说的话："没事的，你很有进步！"女儿的脸孔一下子静了下来。然后，他抱着女儿继续观看别的孩子跳舞。

忽然，一个凄厉的哭声刹时响起，回头一看，是一个刚从舞台上下来的孩子被家长暗里拧了一下臀部。那家长显然是对孩子刚才在台上的表现不满，愠怒之下做了一个恨铁不成钢的动作，可孩子不会掩饰，痛得放声大哭起来。

指导老师从台上恶狠狠地甩下眼光，那意思是别闹，要哭到外面去哭。随即那对家长将哭闹的孩子带了出去。这时候，朱教授发现，妻子的脸上掠过一缕笑意，那意思是至少我女儿没这么不争气地哭。可是这时候，女儿挣脱了他的怀抱，随着那对家长跑了出去。他知道，她是去安慰同读小学的小朋友去了。他心里顿然欣慰起来，同情有时会激发一个人的自信心。

10个孩子轮流走台训练了一遍，指导老师说话了。她表扬了在场的一位农村妇女，因为她的女儿跳得最好，一丝不苟，舞步严谨，不像×××（其中包括朱教授的女儿还有刚才被家长拧了臀部的孩子）那样随意，那样刻板……跳得不规范的还要加倍努力，距离晚会的时间不多了，希望家长们回家后一定要督促孩子强化训练……

那位农村妇女红着一张骄傲的脸，谦恭地聆听指导老师的话。家长们的目光里对她充满了敬意。指导老师要求她发言，她顿了顿，终于拘谨地说了。她教子的经验是：不跳好，就不给饭吃，不刻苦，哪来的成功。她的信念是：她不会跳舞，所以一定要让孩子好好学，将来要成为舞蹈家。随即在指导老师的带动下，训练场又响起热烈的掌声。

朱教授没有鼓掌，他一下子茫然了，说不清农村妇女说的话对或不对。当父母的很容易将自己未实现的理想寄托在孩子身上，而一旦孩子未能实现，那将会背负永生的压力。

回家的路上，朱教授同妻子女儿都没有说话。进门前，女儿终于说了："我还要练几遍呢？"他断然改变以数字说话的方式，说："你想练几遍就几遍，不想练就歇会儿，以后我们不会强求你做你不想做的事。"

而结果是：女儿的舞蹈跳得越来越出色了。

寂寞表链

海珊是十七岁时辍学来到海头中学，在食堂帮着煮饭的。

元宵一过，开学的时候，来了三个省城师范学院的实习生，都是二十出头年岁。其中有个清瘦高挑戴着近视眼镜的男生，叫张进。她是从他到食堂登记开饭知道的。

张进上第一节课时，海珊正从门外过，她就停下听，张进显得怯场，自我介绍后在黑板写上自己的姓名，但写"进"字时，走之旁连写三次都显得别扭，写了又擦，擦了又写，仍嫌蹩脚，于是班上就有人笑，他就回头再看那个"进"字，脸却倏地红了。

海珊在门外盯着那个嬉笑的学生，心里骂："有什么好笑的，你上去写试一下。"

接下来，张进讲话有点结巴，开始或许是被粉笔末呛着了，干咳几声，就用手使劲撸鼻子，结果手上的粉末沾上去了，变成了白鼻子，学生哄堂大笑，他就更尴尬，更用力撸鼻子，一直到下课，他自己也不知道撸了多少次鼻子，反正白鼻子又变红了。

海珊把这一切看在眼里，恨在心上，她恨这个班的学生太顽皮了，但她无法去批评学生，就悄悄写了张纸条，在一个没人注意的时候塞到张进他们宿舍的门缝下。

果然，第二天，她特意从那个班的门前经过时，发现张进已戒掉了昨天那个不雅的动作。为此，她心里得意了几天。没事的时候，她还是喜欢从那个班的门外走过。

再后来，海珊又发现了张进上课时的另一个毛病。其实，也并非什么毛病，只不过是他说普通话时夹着浓重的乡音，可这在教学上是犯忌的。

她发现，张进在讲解数学题中，讲到多少斤时，话尾里含着一个明显的"溜"字，被学生们传为张进计算不准，明明是多少斤却说多少斤六，比如，是五斤，却说成五斤六。于是，背地里，被学生传播开了，她很生气。

海珊气不过，又像上次一样写了张纸条塞进张进门缝下。果然，第二天，张进在演算数学题，说到多少斤时，不再带有那个溜（六）字。为此，海珊的心里又不由喜悦了好几天。

此后，海珊开始对张进有了好感。

实习生到食堂用餐是每人一份，饭菜同样，看上去没什么区别。但细心辨，若是猪肉，海珊给张进盛的那一块精瘦一些；若是鱼干，海珊给张进的那一块煎得火候好一些。当然，谁也不会注意其中的微妙。海珊常常借着他们用餐同他们说话，当知道她读到中学辍学时，他们都为她惋惜。她说，海头小学师资力量不足，民办教师多，盼他们能有机会留下来，张进就信誓旦旦地说，这里环境好，食堂伙食好，他一定争取留下来。于是，她心里不由得为此快慰了几天。

在张进他们实习快结束的时候，海珊发现那个班有了恶作剧。

一个课间操期间，海珊无意中发现那个班不少同学戴的手表链都特别宽松，你看我，我瞧你，一齐高高举起手，让手表自然滑落向手肘，然后对视哈哈大笑。海珊觉得这个举动有蹊跷，说不定同张进有关系。于是在张进上课时，她去看了，果然发现张进正在不自觉地高举着手让手表自然滑落呢，这时候课室里又不免一阵躁动，一阵喧笑，张进也就莫名其妙地脸红，神情很窘迫，甚至失态。

事后，海珊又写了一张纸条，还买了一条黑皮表链再次塞到张进的门缝下。

第二天，张进上课，她又从门外过，发现他戴的手表链拉得很紧，再也没有无端的举手动作，但她细心地发现，他没有戴她买的那条黑皮表链，而或许将原来的表链截短了，她心里不知是高兴还是悲哀，就离开了。她心里想，黑皮表链，他一定收到了，他为什么不用呢？是他珍惜着留作纪念吧，想到这，她心里又暗暗笑了。

直到张进实习结束前夕，他到食堂同海珊算计餐账，才惊讶地发现她的笔迹同塞在他门缝下的纸条上的字迹一模一样，就说："是你呀，我一直琢磨着谁在这样做……但，你买的黑皮表链，我不能用，退还给你。"

海珊一脸茫然，既不承认纸条是她写的，更不愿意张进退回那条黑皮表链，她说不出一句话。

张进硬是将黑皮表链留下，面无表情地忙着别的去了。

离校那天，一辆半旧不新的吉普车开到学校来，从车上跳下一个花枝招展的姑娘，扑向张进，挽着他的手，说："我三个月没看见你，你想我吗？""我无时无刻不想着你，这里环境差，食堂条件更不好，我巴不得早日离开，你不是说过要同你父亲说，让我转行不当教师吗？……"

海珊躲在食堂里，一字不漏地听着他们的对话，想起他脸上的粉笔灰，演算数学题时说话后面的"溜"字，以及那条精致的黑皮表链，眼泪就流了出来……

第二辑

飘落的白丝巾

XIARILIDEZUIHOU

YITANGBANCHE

哑山

　　铁路通了，火车叫了，筑路工又要转场了。万重山忽然想到，应该去看看黄草崖。

　　黄草崖在西南边陲，山势并不陡峭，原本没有什么名气，却随着隧道开凿，正扬名天下。

　　雨后的山野，一片朦胧；远方，如黛的群山，更显出深邃和险峻。

　　他坐在轮椅上，支开推车人，面对黄草崖隧道里深深远去的铁轨，心海泛潮……

　　一年前，他作为工程技术施工的副总，率着勘探队查看地形时，就担心要打通隧道是个不可轻视的任务。果不其然，在半年前的深入掘进中，隧道的凶险狰狞面目便显露无遗，遇上了打隧道最忌讳的断层，更难缠的是石质偏软，既渗水又涌泥，他就是为排除更大的风险去引爆软弱围岩时，被意外的塌方压残双腿的。

　　昨天，通车的庆典刚刚开过，洞口边，还残留着燃放鞭炮的纸屑，以及装过鲜花的草篓。他听说，筑路工忘情地沉浸在成功的喜悦里，他们呐喊、欢呼、拥抱，汗珠和泪水在每个人的脸上流下，喜悦和哭声交织在一起，在空旷的大山里和蔚蓝的天空中回响……

　　忽然，一个小男孩童稚的声音冲进他的耳膜："妈，那叔叔怎么坐那种车？"

"那是叔叔的腿不能走路。"

"他为什么不能走路？"

"叔叔的腿伤残了。"

"那是怎么伤的？"

"是为了山野里响起第一声火车穿行的笛声，是为了大山回响阳光一般灿烂的笑声，为了你还有你妈妈……我就是凿挖隧道，引爆软弱围岩而伤残的……"他心里油然应声惊呼着。他循着传过来的声音转过身去，却见一位装扮鲜艳颇具姿色的少妇，携着一个瘦弱的小男孩比画着。路边，不知什么时候抛泊着一辆色泽光亮的奔驰轿车。据悉，这里将建立一个停车十分钟的小站。

少妇清脆地回答小男孩的问话："那是叔叔小时候……不听他妈妈的话，像张阿姨家的小毛，乱闯马路，给车撞的——"

看见小男孩一脸惊慌，他悬着的心沉下去了，心里申冤：他没有乱闯过马路，他小时候生长在寂寞的大山里。他的假腿不能恨恨地跺地了，可幸存的手攥成了一团，他向着少妇瞪了一眼。

少妇挪到车边打手机去了，小男孩怯生生地走过来，他这才松开了拳头。

小男孩问："叔叔，你的腿不能走路？"

他没有回答，一脸茫然。

小男孩又问："你的腿不是还好着吗？"

他只轻轻一声："那是假的。"

"小时候，你怎么不好好听妈妈的话？……"小男孩满脸遗憾。

他的鼻子一酸："哦，不……"

"小圆，走，我们走……"少妇打完手机，向小男孩招手。

小男孩清朗地应了一声："哎——"就蹦蹦跳跳地走了。

倏然，他的双眸模糊了，黑暗的隧道无言地伸向远方。洞口边，鞭炮响过了，留下的是碎纸屑，鲜花谢去了，遗落的是空空的草篓……

飘落的白丝巾

城里人吃过晚饭，都到街上来跳舞。这是进城打工的牛娃始料不到的。累乏了一天，还跳那干什么呢？舞场上，男人搂着女人，转动着，就像开锅的饺子，一个个起伏不定。可就在他转身要走的时候，一道艳丽的桃红，突然将他的目光抓了一下。一个女人穿了条桃红的裙子，翻飞着，左右旋转，像山里开春的桃花。

举眼看去，桃红裙子有时慢悠悠的，只是前后一点一点挪动，裙摆不动声色。有时它情绪活跃，碎花似的绽开了，流水一般向前滑动，柔软地倾泻，有时它如一阵狂风吹来，就跟桃花似的飞旋而过，风吹得花瓣满天。

牛娃就在那待到很晚。那条桃红裙子在暗淡的背景下十分醒目，带着一道道数不清的皱褶，波涛似的摆动起来。女人的腿时隐时现，裙子摆弄着熟悉的姿势，从他的脚边扫荡而过。

好一阵，舞曲才停下来，那裙子也停下了。

牛娃看不清女人的脸，但他看到女人用一根洁白的丝巾——原是系在脖子上的，在手上摇来摇去，像是热了，朝脸上扇着风。

乐曲很快又响了起来，一个站在她跟前的男人朝她两手一摊，女人就以很快的动作转身搂在了一起。白丝巾悠悠晃晃地飘在了地上。

白丝巾飘落的姿态有点像鸽子花，这城市没有那花，只有山里那边才有这团粉白躺在尘埃里，离牛娃不远，一双双脚从它旁边踩过，眨眼间，已经有半个脚印染黑了它。牛娃快步走过去，将丝巾抓了起来。

舞场没有那红裙子，所有的颜色就和昏暗的灯光一起煮成了一锅粥，让人昏昏欲睡。

他有了一点小小的念头。他手里攥着那块白丝巾，它原本是城市的一个妇人的，那妇人穿着引人注目的粉红裙子，活力十足地跳舞，几乎把全场都盖了。

他踟蹰着，想上前将白丝巾还给那女人，可她身旁走着一群人，他们有说有笑的，沉浸在舞蹈的兴奋中，意犹未尽。他没有鼓足当众递过去的勇气——人家会怎么看他呢？

散场时，他又把那丝巾揣回了工棚。打牌的还没散，烟雾弥漫。牛娃摸了摸衣袋发现没烟了，他又回到街口，四周空空荡荡的。常去的那家小超市关了门，他就朝一家小卖部走去。

一个女人正坐在窗前。她低着头，浓密的黄头发在脑后用一把花发卡夹着，树起一簇鸡尾似的发梢，手里不知在忙活什么。她身后的货架上红红绿绿的，琳琅满目。他走到跟前，说："买盒烟。"

女人浑身一哆嗦，显然吃了一惊。她朝牛娃看了一眼，两手飞快地捂了一下。牛娃有些莫名其妙，女人的手在桌子底下，他其实什么也没看见。他正要再说买盒烟，那女人站起来，唰地就把窗门关上了。她的生意就是从窗户进出的，那扇小玻璃门上贴着红字：烟酒饮料，便民廉价。但却"咔嚓"一声将他牛娃拒之门外了。牛娃隔着玻璃，他提提气，喊了一声："买烟！"

那女人皱起了眉头，但看也不看他，背过身去朝货架走了两步，她穿的是一套宽松的碎花睡裙，将手里的东西——一叠红绿纸币的角冒了出来——原来她刚才是在数钱，塞进一个小盒，然后将一把黄锁套了上去，她似乎一点也没理会窗外有个人候着，但眼角的余光却分明扫在了牛娃脸上，因此她突然侧过身子，以极快的动作摆着手，连连摆着，意思是说走人走人，不卖了不卖了。牛娃的脸再一次热了，他非常恼火地高叫了一声："买烟——"

女人吃惊地转过脸，比刚才更为受惊，她张大了嘴，红润的嘴皮，长得有棱有角，眼里闪过一丝惊恐。她朝窗门伸过手来，却并不是打开，而是将一副窗帘哗地拉上了。

牛娃一下子呆住了。眼前的窗帘一片桃红，像极了他刚才在舞场上凝视的红裙子，甚至那些褶皱，都是他已经熟悉的纹理。怎么会呢？

他举手在玻璃上连敲了几次，但里面没有反应。有一阵，女人像是在说话，嘀咕着，隔着玻璃什么也听不清。又过了一会儿，街口那边突然出现了一辆警车，蓝灯警示地闪着，他生怕起麻烦就离开了。

牛娃从街口往工棚走去，心里像卸掉了什么，轻飘飘的。他留下了那条白丝巾。夜已深了，华丽的车灯仍然一辆接一辆地滑行着向前而去，它们像连接在一起的一条长河。

女人第二天门开得很早，她这一夜没怎么睡好，老是提心吊胆的，伸着耳朵听窗外的动静，怕有人砸了窗户，玻璃门——一块石头就砸碎了，要是跳进个人来，她只有束手就擒，生死由命了。

门一开，阳光就欢快地蹦了进来。女人就一眼看见门槛旁放了一块亮亮的白丝巾，上面压着一个沉甸甸的烟盒，烟盒里装满了沙土，是怕被风吹走了。女人觉得眼熟。觉得这块丝巾应该是自己的。她觉得好奇，怪，是谁放这儿的？这人又从哪儿捡来的呢？女人又系上了那条洁白丝巾，她呆坐在窗下，眼前一片桃红。

河悠悠，船悠悠

一条悠悠东去的小溪将椰山村与聚居菜农的槟花村隔开。这溪就两岸各取一个字，叫椰花溪。

　　小镇上营业所的老王被抽调去搞"社教"，就住在槟花村蹲点。在小村这岸，举目可望见溪对岸田畦里碧绿飘香的菜园，还依稀可辨掩映在椰树槟林里人家的高高矮矮的房舍。然而，偌大宽阔的溪面，都没见一只小船。每逢集日，菜农挑菜运菜往返镇村之间，总要绕着逶迤曲折的溪岸，深一脚浅一脚走很远很远的路……

　　老王夹杂在赶集的菜农之中，每每走在溪岸上，总希望溪面上出现一只渡船。果然，有一天下晌斜阳时分，他在镇上开完会，赶到溪岸，发现小溪里摇着一只半新的小船，但小船已离岸，快到溪心了。他只好又独自地绕着溪岸走。

　　摇船的是椰山村椰子菜户主张老三。小船是他东凑西集花去四千元买的。小船每个集日上下晌两趟运菜到镇上卖。闲船时又能装客人往返过溪，还定了一条不成文的规矩，客不满座船不开，每人收费五角，价钱略嫌贵，时不时有人嘀咕几句，但还是去坐，几回回也难得见船上空座。

　　老王不知什么时候起也坐上了张老三的小船，反正，有了小船就不再走弯路，每周他也不至于待到周末才回镇上了。一回，他直直地向张老三打趣："有了船，生意做得好吗？"张老三感慨地摇摇头，说："眼下，地里的菜都熟透了，有些开过花，就开始腐烂了，光靠我一只船也不是办法呀……"他说时瞅了老王一眼。

　　"那你们为何不申请贷款架座桥？"

　　"都申请许多年了，据说是镇上营业所没什么指标，又有人说要靠县银行去追加……桥字念得生茧了，连个影也不见！不过，'社教'进村了，还有个银行的，我们倒想试试！"张老三用毛巾抹了抹额上的虚汗，两眼亮亮的。

　　"好，我就帮你们说说。"老王冲着张老三的兴，点着头说，像是很有把握。

　　"真的？太谢谢你了……"张老三又端详了老王一眼，咧开缺了门牙的嘴，乐了，"你就是银行的，拜托你了……"而后，便成一家子般聊了起来，仿佛桥已架起来了。

船稳稳地靠了岸。老王掏钱，张老三不肯接，互让了一番，老王执意一塞，扭头便走，身后人听得张老三甩下一句话："这个老王……"

打那以后，张老三逢着老王要过船，就改了那个规矩，客不满也开船。时而，老王一人过溪也开……纵然老王几回回都推说不忙，张老三就说："也好，先上船歇歇……"但老王一上船，他就开始摇桨了……老王知道张老三感谢他图报他。他领情了，频频向镇上"社教"队提意见，跑了好几趟到县财政局去请示，还拎着两条"555"香烟，找县行行长去，请求给营业所追加指标，一心想在阔大的溪面上，筑起一道崭新的石桥。

张老三天天摇船摆渡，老王天天去磨嘴乞钱。转眼之间，为期三月的社教队蹲点日子快结束了。结果是老王的奔走毫无头绪，张老三的小船一天天变旧了。

"真不好意思，没能够……要不，我再联系看能否多买只新船……"老王在一个黄昏上船时，歉意地说。但立刻被张老三硬硬地抢断了："没什么，没什么，我本来就不抱希望……"

话虽这么说，脸上却漠漠的，没了往日的笑意。

老王很想详细地解释一番，但上船坐定后，张老三却没有开船的意思，他环顾一眼，船上的空座所剩无几了……蓦地，他感到一阵压抑，话到嘴边又粘住了，浑身不自在起来，便低下头，也不知道船是什么时候开的。

船靠了岸。老王掏钱，张老三爱看不看就接了，他心里顿然一片空白，像失落了什么贵重的东西。

桥，仍没有架起，船，也没有多买。小溪依旧悠悠东去，小船还是悠悠地摇渡……

尽管老王蹲点的日子不多了，但他总觉得欠了人家什么似的，再不敢去坐张老三的小船，又开始绕着椰花溪逶迤曲折的溪岸，高一脚低一脚走很远很远的路……

无处安放的花瓶

在油库站加满油，他轻踩油门踏板，越野车驶上了319国道。

离开小镇，他心里就一直剧烈地跳动，时而又掠过一缕快意。他终于下意识干了那件事，可以让鲁南那小子也尝尝失落的味道。

他抬手看表，时间定格在11点31分。不过，他设定的是12点整，还有29分。

一切都像事先预想的那样，几乎没有任何意外。他始终没有流露出对鲁南半点怨愤，而且还取得了他心仪的林娜的满怀感激。

今天路上的车并不多。偶尔有一辆从对面远远驰来，在刚一擦肩而过，瞬间又远远消失在后头。

其实，他曾不止一次对自己说，算了吧，没必要那样，既然他喜欢林娜，就不该与她喜欢的人过不去。他是一家投资公司老总，是响应定向扶贫来到草原牧场的。林娜是牧区技术员，她长得并不出众，他不知道是怎样喜欢上她的，那种特殊的感觉是他离异后对任何女人所未有过的。她似乎有石膏洁白的神圣，以至于他不敢弄脏她。他善于掩藏内心活动，有一天林娜告诉他，等到牧区实验室落成了，她就会与鲁南确定关系时，他心里几乎空落落地沉下去了，但他还是言不由衷地祝福她。

今天就是草原牧区实验室落成典礼。三小时前，他从城里驱车赶来，典礼已经结束。当他挤开庆贺的牧民走进刚安装完毕的实验室时，林娜还惊喜地喊："真没想到，你能来……"鲁南竟愣站着，一时无语。

他脸上露出一抹微笑："怎么啦？建成了实验室就忘了老朋友……"接着，他双手捧出一只精致的蓝瓷花瓶，瓶里插着一束艳丽的黄玫瑰，然后，小心放置到一张摆满化学试剂的工作台上。

"哦，谢谢，这……太贵重了。"林娜盯着花瓶惊叹，她知道花瓶的价值，在城里，她见到他花了五千元买下的。她没想到，他买下来是送给她的。

前方行车道上，一辆大型集装箱运输车缓慢地爬行着，挡住了他的前路，就像鲁南当初的出现阻挡他追求的进程。他急忙减慢车速，扭动左转向灯，谨慎地超过去。

鲁南是支边来到草原牧场的。他在大学读的是草原植被管理，一直潜心研究一种化学催化剂。按他的话说，一旦成功，对草原牧区的植被繁殖不可估量。实验室是林娜恳请他投资给鲁南建造的。不知道鲁南用什么办法掳走了林娜的一颗心。每每想起，他就很后悔；有多少回，以至于他想，只要实验室没建成功或是科研没有成果，林娜似乎还会回到他的身边。他终于有了一个近乎疯狂的设计，但他提醒自己把握好分寸，不能伤及人的性命，他爱林娜，他不能让她背负痛苦……

他驱车穿过一个涵洞，拐上了高速公路，再次抬手看表，离那一刻，还有6分23秒！

他为自己的精明感到惬意，尽管毁掉了那个林娜喜欢的花瓶，但那实在是极好的掩护，谁会想到炸药封藏在那里，况且实验室工作台上还堆放了不少危险化学物品，还有汽油……即使引爆，也在情理当中。谁也不会怀疑到是作为投资者的他干的。他深信，一旦实验室毁了，要重建的话，林娜一定还会找他，那么他或许就有了重新追求的机会……

刚才离开实验室时，他开车送他俩回到小镇，他们挽留他用餐，他谢绝了。现在他忽然觉得有点饿了，而他俩在哪里呢？

"叽叽，叽叽……"手机响了，是林娜拨来的，他减慢车速，接听："你好！……"

"谢谢你的鲜花，你的祝福！"林娜的语音充满柔情，不由让他有几分歉意。

"你能来，我很感动，其实，我知道你喜欢我，而我也……但我不能，如果那样，人们会认为我爱的不是你，而是盯上了你的钱……"她的真诚让他顿生负疚。

他不由再次瞟眼看表，指针指向11点58分42秒。

他的心悬了起来，恨不得飞车回去带走她。

她不知道会发生什么，继续说："你的心意，还有鲜花，我们都收下了，但那只花瓶，太贵重了，我们无处安放，刚才在小镇下车时，我将花瓶搁在你车的后座下，你路上小心，别……喂，喂，怎么没声音了……"

…………

静寂的春天

快下班了，春雨还在潇潇地下着。我正犹豫下了班该怎样回去，没想到，阿伟打来电话说，让我去他那里一下。

我说有什么事不能在电话里说吗？

他没有多说什么，只是说来一下就知道了。那个口气，仿佛他有什么话非见面就不能说或是不好说似的。

下班后，春雨仍在溟蒙地飘洒着，看来一时半刻不会停歇，我就借了一把雨伞，蹬上自行车，顶着雨幕，向着阿伟的宿舍蹬去。

阿伟同我原都是农村崽，后读书考上院校，分配在县城工作。就考学这事，他说过得感激我，指的是，那年高考预考，他落榜后本无心再读，是我跑了十多里的山路，从他家拉他出来补习的。就补习那一年说，我同他算是黏合上了，到食堂开膳的饭票菜票放在一块，哪分你的我的，后来，我俩都考上了，虽然并不同校，但书信来往不断，假期聚到一块，时常夜聊通宵。

路上，雨不知疲倦地下着，我记起了已有些许时日不去阿伟那里了。说起来也就因为他有了对象阿珍。是他在一次舞会上认识的，就是那个高挑苗条虽不是打眼漂亮但却秀气耐看的姑娘。开始我还是常去他那，却常常逢上阿珍，有一回，我陡然感到自己成了多余的"灯泡"后，就不常去了。于是，我有点恨阿珍，要不是她的介入，我同阿伟的友情会天长地久的。此番，阿伟又来电话了，还说让我上他宿舍，是有什么要紧的事吗？这家伙，有时候很鬼。

在潇潇春雨中，我顶着伞，轻捷地蹬着车，又竭力不让衣服被雨水淋湿。小街两旁的树枝节丫上，经过近些时日春雨的浇灌，又开始冒出新芽，有的还抽出了新绿，许多事物就是经过冬天严峻的洗礼，又总是在春雨的滋润里复苏，焕发出新的生命……

踏上阿伟宿舍的门口，我的眼眸一亮：他不知何时买了雅致的碗柜，油漆闪射出晶亮的光泽；添上了一部乐声彩电，一台镭射音响，一套仿古红木椅，漾着古色古香的氛围。只差地板没铺着地毯了。

我磨蹭了一下脚底的烂泥，连连打了几个喷嚏，他已泡上了浓浓的咖啡，正等着我。却未见阿珍的影子，又不好问。

坐定后，我急问有什么事。他诡秘地一笑，说他同阿珍利用十天休假，做环岛游，不放心别人看门，就让我守户。

我想，这馊主意一定是阿珍出的，阿伟可不是这号人。但他们相信我，我就答应了，天黑了，雨开始停下来，我才告辞出来。临回前，不忘郑重地接下阿伟宿舍门锁的一把黄铜色钥匙。

阿伟同阿珍走后九天，我都是曲在沙发上过夜的，可他们回来的那天早上，我却躺在他们的"梦思床"上烂睡不醒。

阿伟摇醒我时，我发现阿伟满脸困惑，像盯着一个陌路人，阿珍的脸色有点发阴，脸孔仿佛浮现黑斑，让人想着孕妇妊娠反应的那种颜色。

我意识到要快点离开，可一掏衣袋，钥匙不翼而飞。哦，昨夜，很晚了，我的乡下的一个远门亲戚寻来，我和他也是很久没见面了，我在海那边读书时，寄信回家催钱时，父亲总是去找他；我心里一度感激他，最后还喝了酒。我一向不胜酒力，喝了几杯，不想身子飘起来。送走亲戚时，雨下得很紧，夜风很大，我让他穿走我的大衣，钥匙一定还在大衣的衣袋里。

我连连向阿伟阿珍解释，就要出门去找回钥匙。阿珍没说什么就去洗刷房子了。阿伟拦住我说："别找了，我同阿珍还有一把呢。"

我出了门，就蹬车沿街注视着过往的行人，希望能看到我的那位亲戚。昨夜，他仿佛还说过，今天要在街上买点什么才回乡下去，但究竟买什么，我始终没有记起来。

我寻到车站去，也未寻见亲戚的影子。我一急，还是执意跑了三十多公里的山路，回乡下去。寻到亲戚家，说明缘由，还真怕人家认为我是索还大衣的。

我揣着陪伴我度过四天的钥匙，匆匆赶回县城时，已是下晌四时多。天又下起潇潇春雨。我顾不上旅途的疲惫，冒着雨，又上阿伟那里去了。

走近阿伟的宿舍，他不在，门关上了。

我伸手进衣袋掏钥匙，可一瞧，门上已换上一只崭新的双保险暗锁，陡然，我心里空白一片，转身走进迷蒙的雨雾中……

窗户折光

周末，到食堂打早餐时，吴旭约了同桌小梅到郊区去看西海岸带状公园，她终于答应了，让他在校门口的天桥下等她。

吴旭在天桥上只待了一会儿，小梅才拘谨地来了，只是别扭地同他保持着一定的距离。他就说："我，我们——走吧。"于是，他们先后上了天桥。

今天天空晴朗，连日来的阴雨总算晴了，太阳慷慨地洒着阳光。然而，天桥上，一边阳光灿烂，一边却埋在高楼投下的阴影里。

吴旭是靠父亲捐款才成为这所重点中学的择校生的，因为一帮一的缘故，他同小梅成为同桌。他喜欢温暖的感觉，包括幸福的家庭和富于温情的同桌，他高兴地走在阳光里，连日的阴雨使他憋得发慌，他才斗胆地约了小梅。他开始没想到，小梅能够答应，早上见她还在犹豫的那会儿，他还没敢相信，要知道，在中学里，能单独约一个女生出来的概率微乎其微。

小梅是来自郊区考上这所中学的乡村女孩。她落在后边，走在高楼的阴影里。吴旭停下来，回头冲着她说："到这边来吧，太阳晒在身上暖洋洋的。"小梅惊慌地顾盼周围的目光："过来吧，走在阳光里，连丁零声也听得到。"

"阳光有声音吗？你能听到响声。"

"有位诗人写过，海岛的阳光是有声音的：洒在地上也当当作响！"

他俩的距离缩短了，小梅却说："阳光的灿烂是靠窗户感应的。"

"窗户，什么窗户？"吴旭同她并排着走。

"眼睛才是心灵的窗户。"小梅忽然说，"你读过小小说《窗户》吗？作者是符浩勇。"符浩勇是海岛一个专写小小说的青年作家，写过几百篇短小故事。吴旭读过在地方日报上发表的一些篇什，可不知道《窗户》。小梅见他摇头，她就复述《窗户》的故事，说是"文革"时一位中学美术教师，以绘画墨彩别致著称，获过不少奖项，有一回，为了校长建房不被造反派拆毁，在刚筑起的墙上画了一颗太阳，意为谁拆了太阳就是大逆不道的，然而，他没想到，不但墙被拆掉，而且他还挨批被斗，死去活来之际，进了医院检查，才知道自己是色盲，黑色在色盲者瞳孔呈现着的是红的世界。

小梅若有所思："我一直想，阳光的色泽是多么残酷。"

"可它今天是公正的，它可以普照每一个角落。"

"可是，也有吝啬的时候。"小梅说着，一副忧郁的神态，随着说起自己的所见所闻。她家里住在城郊，那里是典型城郊结合部，有许多矮小的乡村瓦房，就在西海岸边上有一户人家，住着一位孤寡老人，因为小屋是朝东南向的，终日溢满阳光，阳光总是均匀地从小屋的门前一直铺满屋里的墙上。老人虽然双眼属于半失明状态，但她平日的乐趣就是躺在门前享受温暖的阳光。对面是一片商品房基地，正在垒筑高楼，一层层堆砌，越来越多，越来越密，越来越高，高楼一尺尺向天际伸展，终于将射向小屋的阳光削去遮断。于是，老人终有一天感觉到了，先是感到阴暗灰冷，而后失落孤叹，终于在全部大楼竣工的鞭炮声中死去。

吴旭闹不明老人为什么那样偏激和极端，更没想到城市的扩展同老人的死去有什么联系，沉默一阵之后，只说："是吗？"看见小梅在点头，就说，"我们不去看带状公园了，就去那片商品房基地。"

小梅答应了，脸上露出今天难得的一笑。

他们来到了那片商品房基地后，吴旭才知道这个小区是父亲那个工程队建造的，他心里不由又多了一阵莫名的悲哀。

老人的那间低矮小屋被锁上了，从窗外向里望，积压着一层厚厚的灰尘。忽然，吴旭喊叫："快看，那是什么？"小梅随着叫声及他的比画看去。小屋的中间居然有一片很有规则的阳光，静寂无声地躺在那里，他们心里都在惊呼："屋里为什么有阳光？难道是心灵的感应！"

吴旭转过头来，对望一眼对面的矗立高楼，终于明白，说："是对面高楼的玻璃窗的折光。"

小梅扭身顺着吴旭指定的方向看去，的确，那是一片灿亮，但却感受不到任何暖意。

萍聚

　　快到年关了，靠山乡张乡长惦记着邻县新上市的绿橙。"橙"与"成"谐音，过大年就要图个吉利哩。本来一大早张乡长同司机小周刚要出门，却被事搁置脱不开身。司机小周说："那就让杨副乡长去吧。"杨副乡长叫杨威，是县上派下来的挂职科技副乡长，说话也显得底气不足。平日在乡食堂开伙，时顿到了，其他副乡长只要未到席，司机小周总是等着不开宴，但如果杨威迟到了，锅碗瓢盆早交响起来了。

　　小周找到杨威传达张乡长的意思，杨威开始半信半疑，就给张乡长打电话，张乡长在电话里说，小周的意思就是他的意思。他只好放下手头的事，在货车上一路颠簸，一小时左右便到了邻县。

　　县城街道两旁摆满了卖绿橙的摊位，杨威看了几铺，终于在一个上了年纪的老人摊前停住。老人语："这摊上的橙子都是大边河的，那里山雾水多，最甜最好的橙子就是那里的。"然后，老人切开两个橙子让杨威品尝。杨威也不客气，就尝了半个，果然橙肉鲜嫩，水津，不由连声说："就定这里买了。"扭头却见司机小周正忙着跟一个打扮入时的姑娘谈笑划价，似乎比这里便宜多了。他正要起身，小周却踅回来了，对他说："来时，张乡长交代过，今年手头紧，能节俭的不多花，买橙子就图个吉祥呢，哪有论品质好坏的。"杨威听见是张乡长的意思，回头对老头歉意地一笑，老头当然有些不乐意，就嚷："不当家就别给价，坏了橙子的价格。"

回到了乡里，正是下晌斜阳时分，可大家却都在政府大院，因为都知道要分橙过年了。可一卸车，大家的意见就吵吵嚷嚷上来了："咦，怎么是这样的橙？个头大的大小的小，肯定不是大边河的，不是说买橙要买大边河的吗？""难道是变种的？还是去买橙的有意糊弄大家？"有人叫来张乡长去问杨威："这个……究竟是怎么回事？""你不是让小周省着花钱吗？又不是我说了算！"说这话时，他似乎很委屈。张乡长说："你怎么这个态度，好像与你无关。节俭是好事啊，你是领队领导，你不把关，还怪起小周来，小周是谁啊，还不是个临时聘用的司机，你怎么跟他一般见识！"

杨威听后不再说话，心想如果自己极力阻拦，小周或许不会硬撑买下那些橙子。他受了乡长的批评，其他人对他也不满，但小周自作主张买橙的事却没人说。这样想着，他情绪就十分低落，本来他是挂职科技副乡长，也快满期了，就想过年后能否调走，往年县里每年过了元宵，总会调整一批乡镇领导，能调到县上任何一个部门，总会比在乡里受气要好。

周末回县城，杨威真的拜访了县委组织部长。老部长热情地接待了他，说："小杨啊，你有个同学在市里组织部，你深藏着不吭声啊。市里新任的组织部长跟我提到你了，我说你正在一个山乡锻炼，很快就要挑大梁了。"杨威本来想提调动的事，这么一来他没提了，半晌才说："感谢组织关怀！"

周一，杨威回到乡里，张乡长遇上他就说："小杨啊，中午食堂加菜，快过年了，大家聚一顿。"待到中午饭桌上，张乡长把他的同学在市里当组织部长的事端出了，聚席的人对他的态度陡地变化，频频举杯向他敬酒，本来他就不胜酒力，大午天却弄得像红脸关公。

元宵一过，乡镇领导班子调整，杨威当上了乡长。司机小周对他不称乡长，却直接叫"书记"，本来乡长是副书记兼的。他说："书记，我猜你肯定会当书记的，以后要有什么笨重活，就言语一声，我有的是蛮力气。"

有人劝杨威："看小周那奴颜相，见风使舵，解聘他算了，当初他看你不如一条狗，你忘了？"杨威哈哈一笑："现在辞退他，别人会说我小肚鸡肠，等等再说。"

元宵过后，农历二月是山里的军坡期，按风俗比年节还热闹。民意不可违，杨威成了每个军坡节期的嘉宾，也是司机小周献殷勤的机会。他每每驱车跑县城，不分昼日黑夜地去把杨威的爱人李琳接来。李琳是城里的孩子，头一回见到军坡期热闹的风光，又见着小周满头大汗也顾不上抹掉，就对杨威说："小周不容易，卖力、勤快，是照顾领导的里手行家。"

过了五一，杨威调整当了书记，仍用小周开车。新来挂职的科技副乡长对他说："这个人不能用了，要是在战争年代，保准是个叛徒。"杨威却说："小周他懂得尊重成功者，倒回来说，一个人没有能力改变生存环境，就别怪别人看不起你！"

生死抉择

时下，市面正在热映反腐巨片《生死抉择》，反响强烈。陈工没有想到，自己人到中年，竟也遇到一个生死抉择的难题。

问题的起因再也简单不过。陈工所在的单位是一家国家级密集型科研机构，因为有三个赴澳大利亚考察指标，领导层早就内定陈工为成员之一，但考虑到平衡其他科研人员情绪需要，决定由秘书处提一个问题，要求陈工以准确作答为前提条件。

问题是这样的：当你同你母亲、妻子及孩子同时掉进一条河里，假设你只能够救起一个人，你选择救谁？

这个本来近于玩笑不成为问题的问题，不管陈工怎样作答，都不会影响他出国考察这一机会。那只不过是领导层对外的一个堂而皇之的理由和借口罢了。然而，陈工当真了。他读完大学再读研究生，就进了这家国家级尖端科研机构，几十年如一日扑在研究项目之上，从来没有机会出国考察，而这一次考察的项目正是他毕生倾注心血的研究领域，他能不珍惜这一机遇吗？他哪里知道领导层让他回答那个玩笑般的问题的用意。他正告自己，必须准确无误地回答好这一问题。

连日来，陈工坐在办公室里，戴着深度老花眼镜，盯着桌面玻璃下由秘书处提出的那个问题，苦思冥想，不断设计出各种迥异的答案：

一、救妻子。救了妻子，还可再生孩子。而母亲呢？她毕竟年迈了。他从小便没了父亲，是母亲一腔血泪汗水泡大他的，还含辛茹苦供他上了大学。他参加工作后，母亲仍住在乡下。结婚后，是妻子坚持要求接她进城的，她还未过上多少安稳的日子！他犹豫，考虑放弃这一答案。

二、救母亲。妻子或许还可以再娶，也可能再生孩子。可妻子多年来是个贤内助，支持他投身科研，辛苦地支撑起家里的一片天，还落下了一种只能治标却难治本的病根。孩子读小学快毕业了，天真活泼可爱，他又怎可割舍呢？他摇头了，这一答案实不可取。

三、救孩子。孩子毕竟还小，而且是他毕生的希望和未来。他曾勉励孩子好好学习，打好基础，将来长大后沿着他的科研方向钻研下去。而母亲、妻子该怎么办呢？他迟疑了，最终也否定了这一答案。

远思近虑，生死抉择，陈工始终没有找到问题的最佳答案。

一天夜里，就寝前，陈工对妻子刚说了将有一个出国考察的机会，妻子就喜形于色地说："你终于熬到头了，我知道，你看重、珍惜这一机会，你要好好准备，但也要注意身体，你好像比前一阵子消瘦了些。我听说，南半球那个国家的气候跟这里正好相反……"看着妻子忘乎所以的神态，他实在不忍再提那个难以作答的问题。他岔开话题说："这些年辛苦了，我有机会出去，让我给你捎带点什么呢？"

妻子考虑了片刻，充满柔情地望着他说："什么也不要带，只要把你自己带回来就好。"

他听了不由鼻子一酸，把脸扭开，眼光透过窗户望向远方。

离出国考察的日期越来越近了。

秘书处有意无意地催陈工作答那生死抉择的问题。但他仍是迟迟疑疑答不上来。

终于，趁妻子不在家的一个日子，陈工走到白发苍苍的母亲跟前，却又欲说还休，额上竟冒出一层冷汗。

母亲盯着他苍白的脸问："孩子，是不是身子不舒服了？要注意休息！"

他终于沉下心来，把折磨自己多日的问题向母亲说了。他害怕再犹豫不说，就再也没有机会和勇气了。

母亲听罢，愣了一下，就说："那是说，我们一家子都掉进河里了？"

他瘫坐在一边，实在没有勇气再重复那个不堪重负的话题，只是使劲地点头。母亲却平静地说："孩子，你不要为难了，你谁也不用救，娘来救你……"

他听罢，顿时热泪盈眶，泣不成声……

陈工最后究竟选择了怎样的答案，能否如期赴澳大利亚考察，这已是后话了。

套当

　　元亨当铺刘老板自在乐城南盛酒楼见到长衫人，就觉得与他会发生什么事。

　　那天，刘老板与洋货商行李老板在小镇南盛酒楼聚谈。前阵子当铺鉴别伙计张师爷预借了一年薪水回乡盖房去了，眼前当铺压货正紧，钱不凑手，正寻思融资周旋，而李老板腻烦洋货商行恶缠难磨，意愿甩掉商行，投资入伙典当行。

　　那时，一个穿长衫衣的人走进了元亨酒楼。只见他寻了个临窗的座位坐下，脸带愁容，仰面叹息。

　　刘老板收回目光，说："这人面生，好像不是本地的，看架势，或许是遇到了什么难处？"

　　李老板转头瞥了一眼："是很面生，脸烂眉结的，是怀才不遇吧，来，来，别因那败了喝茶的雅兴。"

　　两人频频端杯喝茶，眼睛却都在偷偷地打量对方。

　　果不其然，当天刘老板回到元亨当铺时，却见长衫人背着行囊在门外徘徊。

　　刘老板邀长衫人进屋，刚坐定，长衫人蓦然跪地，声泪俱下。

　　他说，他从南洋回乡寻亲，无奈家父惹了官司，押在京城大牢，说是如果花钱活动或能免杀身之祸，家当还有一宝，价值连城，家父有言在先，宁可赴死也不可抛售此物，况且此物乃前朝贡品，遗落民间……他来到乐城镇，暗里打听过刘老板的为人，打算当些银两……

他说时从行囊里掏出一只立体状缎盒，虔诚打开，盒里一颗翡翠玉珠褶褶闪光。他说："刘老板一定识得此夜明珠，可否当两千大洋救父一命？"

刘老板盯着玉珠倒吸了一口凉气，他记得张师爷说过前朝有贡品玉珠遗落民间；他也知道这无价之宝，典当后还会赎走；然而，两千大洋救人性命谈何容易？出狱后能凑足本金也是枉心费力，退一步说，能把玩玉珠数日，转手又有如意收入……

长衫人救父心切，愿意立据为证：以当期三个月为限，当金两千大洋，到期本金翻番。若逾期不赎，物归当铺；若提前赎当，本息不变。

刘老板订正当据，盖印成交。

半月下来，元亨当铺张师爷走亲戚回来了，他见到刘老板爱不释手的玉珠。

张师爷盯着通亮透体的玉珠并不惊讶，先是一言不发，左瞧右看，最后大惊失色："坏了，这玉珠我见过，就在我回乡的这半个月，在老家，就有人让我为它做过鉴别……这珠子底下还有一处瑕疵，仔细看，可以看到珠心碎裂处穿引一条纹线……没仔细瞧，瞧不出来的。"

刘老板夺过张师爷手中的放大镜，俯眼观视珠球，顷刻，他悬浮的心沉了下去，他也看到了珠心碎穿一条纹线……陡然他摔掉放大镜，哀叹："我自想看人能看到骨头，没料想，我让梦龙缠上了……"

张师爷安慰他："谁都会看走眼，要想办法让他回来赎！"

刘老板气不打一处："还会有什么鱼逃脱的钩勾，再会回头吃饵的？！"

张师爷在他耳边咕哝一番，蓦地，他露出一丝狡诈的笑意。

次日，刘老板在南盛酒楼里设宴，邀请小镇上头脸大户聚席。

大家坐定后，刘老板起身拱手说道："各位乡亲，今日赏脸而来，我是要向大家透露一件事，前阵子，我被人耍了，当下了一件伪劣假货……所谓的皇宫玉珠。"

这时，张师爷打开缎盒，掏出玉珠捧上，大家呼地围拢过来，刘老板继续说："就是它，如果不提醒，难看出它的瑕疵，珠心底有一穿纹。"李老板与众人附和："没提醒，还真难看出来。"

刘老板很平静，说："今天大家做证，我要当众毁了它，丢人不要紧，这东西不能留，看着会闹心，这东西确能够乱真，留着是个祸害，再不能留着它坑害人！"说着随手将玉珠猛摔地上，碎散开去。

酒罢宴散，大家起身告辞。李老板是最早赴宴的，却走在最后，说："当铺经营风险也大，要不，我还是撤了股——"

刘老板看着他的背影冷冷一笑。

三天后的黄昏时分，长衫人飘然走进了元亨当铺。

刘老板大吃一惊，长衫人却说："我这是来回赎夜明珠的。"

刘老板半晌没话，最后结巴地说："你不是说，三月为限……"

长衫人掏出字据说："有据为证，我可以提前赎当。"

刘老板接过字据说："提前赎当本息不变。你原借走两千块大洋，要还四千。"

长衫人掏出银票递给刘老板，说："这是本号钱庄的银票，大洋四千。"

刘老板验过银票，随手就交给王老先生下账。长衫人急嚷道："玉珠还没还呢？你下的什么账啊！"

刘老板对张师爷说："既然本息已还了，玉珠还给人家吧。"

张师爷从后堂端出锦缎盒来，长衫人顿悟，大惊失色："你不是早……"

始料之外

刘秘书还电脑的缘起是因为打火机。

刘秘书是单位写材料的好手，写材料的同时却染上了烟瘾的恶习。有了烟瘾对打火机就情有独钟，当然，他没有想到，就是因为一只旧的打火机，他惹了事端。

半月前，因为公派，他赴北京参加一期文秘培训班。奥运会临近了，乘飞机过安检很严格，一律不准随身携带打火机。受烟瘾所困，去北京时他将打火机藏在烟盒里，顺利混过了安全检查，他对同行的人还自耀了一阵。然而，问题出在返程上。

那天，在首都机场，他的如法炮制没有奏效，过安检时打火机被发现了。

安检的帅哥质疑："你有打火机就主动交出来，为什么藏着掖着？有什么动机吗？"说话时和颜悦色的。

他歉意地申辩："嘿嘿，图个方便，抽烟人嘛……"然后巴结一笑。

安检帅哥却不领情，收起笑容，说："国际规定，都要遵守的。如果谁都像你图一时方便，奥运会就不用办了！"

事关奥运，他担罪不起，本来他灰溜溜可以走了，却蹦出话来："如果大家都抽烟，我就不抽了。你可知道，香烟的一年税收可够国防养军一年吧？！"

安检帅哥的脸沉下去了，嚷道："违反公德你还理直气壮了，携带了交出来不就完事了，说不定你在单位，规定要求交上来的东西，你总赖着不交。这德行！"就是最后那句话，击中了刘秘书的要害，乃至他回到单位还耿耿于怀。

几天下来，他突然记起自己还搁着一台单位五年前发下来的手提电脑没还。

单位里有个不成文的规矩，中层干部以及文秘人员每三年更换办公手提电脑。本来，那台旧电脑三年前他去领新电脑时缴交上去，就不用在这五年后还了。但是，三年前他领新电脑时，旧电脑正送科技部门下属公司维修着。那时，他同科技部门说，因为领导材料急用要写，是否先领新电脑，旧电脑维修了收回去就好。科技部门听到为领导的材料用电脑，就让他先领了新电脑。可是单位里收旧电脑和维修电脑是两个部门。旧电脑修好就送回他，也是因为出差吧，他竟忘了交上旧电脑，而且一直拖下来，搁在办公室文柜里，一拖就是三年，他竟忘得如此干净。

从北京回来后，他被民主推荐候任助理调研员，安检帅哥的话时时在他耳边回响。他整天躲在办公室吞烟吐雾，心神不宁。曾几何时，因为手头拮据或因为咳嗽，他想把烟戒掉，但从初入单位面临苍白的稿纸到如今临对着闪烁的荧屏前，他无法抵挡烟雾缭绕的诱惑。

他十分庆幸北京那位安检帅哥提醒了他。他终于决计，将那台旧电脑交上去，再不交就不知搁到什么年月了。

然而，接下来的事情让他进退两难。

科技部门管电脑的科长对他说：“为什么时隔三年才交，这些年是谁在用？”

“谁也没用，就搁在办公室文柜里。”

“谁能证明？如今配置落后，不能用了才交公的吧？”

“你开什么玩笑，再不交，就快变成废品了。”

“先别忙着交，反正都搁着三年了，等我们查证后再还。明天你再来吧。”

次日，他又去科技部门，管电脑的科长说：“经核查勾对，当年收旧电脑，才发新电脑，根本不存在不收旧电脑的情况，莫非……你后来借了不还？”

他很倔："不是的，当时电脑搁在科技公司维修着，现在，是应该还上了。"

"这恐怕不好办，每年资产清查账实相符，个别过了年限已报废处理……而最大的问题，反而证明了科技部门工作不踏实，管理不规范，漏报损失了一台旧电脑……眼下，处长已提名升任单位领导，你不能在这个时候来搅浑水！你不想进步别人还想进步呢。要不，等请示分管领导再说。"

一连数日，科技部门没有下文，旧电脑就无法交上去。

他终于等急了，就去找单位分管领导。分管领导热情接待了他。

分管领导耐心地听取了他的诉说，最后却对他说："除了旧电脑不交，对单位你还有什么不还的？回去再想想！"他顿然瞪大眼睛，不知领导葫芦要卖什么药。

而后，旧电脑终是还给了科技部门。因此科技部门也因旧电脑的事在单位办公扩大会上受了批评。

再后，单位以后勤服务部门牵头，针对各部门岗位领用物资情况进行彻底清查，并无发现异常问题。

然而，更使他始料不及的是，原来群众民主推荐提名他担任助理调研员的动议在组织综合考核时被否决了。这当然已是后话。

小巷浅，小巷深

这是老城区的一条深长的小巷。

由两行错落有致的青砖院墙夹成的小道，蜿蜒而幽深。从院墙上风雨剥蚀的斑驳以及路面的坑坑洼洼，足见小巷的久远和旧老。围绕小巷起居的有二十多户人家。编制一个居委会管辖。今晚，居委会要开会研究，部署实施城建整改方案。

时值晚饭时分，住在巷口处的居委会主任老冯走出门来，嘴里含着一根牙签，时不时用手捻着吃力地剔着什么，悠悠然向巷尾处的居委会办公室走去。

老冯年过半百，头发开始花白，是小巷居委会班子的元老，眼下，小巷居委会班子其他成员都是年富力强的年轻人。前不久，组织已提任刚从部队转业回来的阿城为居委会常务副主任，常务的意思是明摆的，组织上开什么会，过去只他一人去参加，如今开什么会都通知两人一同去。唉，三十年河东，三十年河西，谁在台上都想着干些实事，下台也体面，然而，他担任居委会主任快满两届，干了些什么呢？

老冯走着走着，吐去牙签，燃上一根香烟，呼出来浓浓的一股烟雾。忽然，他记起那年。他摸黑上厕所和巷口的金婶撞个满怀的笑柄，还有前些年巷尾处珍珍姑娘上夜大，被流氓烂仔趁黑调戏的事……这些事，咎于小巷没装路灯，居民们就曾经怨声载道，落得一条巷上人家不少人出门脸对脸的却如陌路过客。但这也难怪他呀，十多年前，刚当选为居委会委员的他就斗胆向主任提出，要在小巷安装路灯，不想，主任却以"装了路灯谁付钱"及"节约闹革命"为由，敷衍搪塞过去，多年来，小巷还是黑灯瞎火的。今天，他满可以理直气壮地提上议程了，装上了路灯，即使自己退下去了，日后人家看到路灯，也会念起是他给装的，今夜开会研究城建整改方案，安装路灯是顺理成章的事。他主意一定，抖了抖精神，掷掉快要烧手的烟蒂，加紧了脚步……

老冯走进居委会办公室，只坐了片刻，居委会成员就到齐了。年轻的常务副主任阿城敬重地递给他一根"555"牌香烟，他却摆摆手，亮出自己的"琼花"牌，说："都一样……"然后，阿城主持会议，说开场白了："前天，我同冯老主任参加了区里的城建整改动员会，今夜让大家聚一聚，就是发扬民主，让大家出主意，如何拿出措施来，管好我们小巷居委会，现在，先请冯老主任谈谈。"

"不，不不！让大家先说吧。"老冯连连摆手。嘴里含着香烟，心里却嘀咕道：为什么让我先谈，我倒要听一听你们年轻人的意见……等到你们海阔天空谈个不休，我再亮出自己的主见，岂不更妙。

一时大家哑言，屋里荡着浓烈的烟草味。

阿城打破缄默，说："那我就先谈一个意见吧，建议我们小巷装上一些路灯，让大家出入图个方便……近些年，小巷没装灯的危害，大家是领教过的。这些年，我在部队，不能顾及这个问题，但前几届居委会却也没解决好，现在是非解决不可的时候了……"阿城的声音强劲有力。

老冯听着，捻着香烟的手一抖，心里骂道："这主意，我好不容易想得周全，偏却让你抢先提出来，还说什么是前几届居委会没有解决好的，现在居委会老成员就我一人，这不是明冲着我吗？年轻人就是不把老人放在眼里，哼，好吧，你爱出风头，显威风，告诉你，老子办不到的，你也休想办成。"他心里想着，只是嘴上没说出来。

只见他深深地吸了一口烟，掷掉还有一寸长的烟蒂，然后吐出浓重的烟雾，颇有长者风范，语重心长地说："装路灯的事，不是我不同意，是要慎重考虑，十多年前，我是提过，但上头说，装了灯，谁付款，靠提留款吗？这些年，提这个款，捐那个钱，大家怨声不迭，再派收什么钱，恐怕影响不好，当然大家愿意交就不成问题，不过问题是，城建整改迫在眉睫，我听说，我们小巷的道路建设已列入了区里整修方案，装了灯恐怕不为长计，多少年，大家都那样过来了，总不能在这个时候，乱花冤枉钱吧……"

大家听了面面相觑，年轻的阿城也不由倒吸了一口冷气。

会议终把安装路灯的事搁到一边。老冯慢条斯理地传达起区里关于城建整改方案的精神……

时近子夜，会议精神还在传达，与会者打哈欠，伸了懒腰。阿城无奈，提出告个段落，老冯才说休会，明晚再聚。

大家陆续离去，老冯心里沉沉的，高一脚，矮一脚，依稀辨着坑坑洼洼的路面，最后一个走，忽而，一个不慎，他闪身摔了一跤……

走在前面不远的阿城，闻声返回，搀扶着他，也是深一脚，浅一脚……

尴尬风流

鲁师大蒋君教授与人说起他曾供职《海鸥》文学丛刊，总会说，其实从一开始就是一个错误，只不过那时他并不知道。

蒋君调到《海鸥》丛刊之前，还只是一名汉语言文学专业副教授，但在海岛却是一个蜚声文坛的小说家。省作协曾为他和另外一个谋篇老道的作家邓海开过作品研讨会，《文学报》曾用一整版刊登研讨会综述，摘发省内外著名评论家中肯的发言。

蒋君调入《海鸥》丛刊的动因是因为与他一同开过作品研讨会的邓海。邓海先他一年进入《海鸥》丛刊，职责是初审小说。那时有一个颇为勤奋的女作者，写了篇题为《吴清华的青春岁月》的小说，被邓海初审时枪毙了。女作者却又私下登门拜访了主编黄紫。黄紫文学出道较早，编辑生涯不浅，堪称编辑中著名的作家，作家中著名的编辑。黄紫作为主编，当然是作品终审人，阅毕女作者的稿件，大加赞赏，在编辑部传阅，签发了。而由此带来一个伴生问题，那就是邓海对稿件的鉴别能力有折扣，初审中可能漏掉了部分上乘稿件。于是，调入蒋君成为一种弥补救护措施的理由成立。

蒋君初进《海鸥》丛刊，职责是复审，但同时还要将邓海初审的稿件再筛选一遍，果不其然，蒋君从邓海初审沉落的稿件中，还真捞起若干遗珠，弄得邓海时有尴尬。

然而，蒋君并不知道，他将别人弄得尴尬的时候也由此使自己陷入了尴尬。

事情的起因是蒋君在审阅国内著名作家老王的幽默小说《诱惑》时修改了作品中的一个貌似精粹的句子。而主编黄紫却坚持尊重作品原貌，不应删改。蒋君力争无果，最后竟不慎出言说："这个句子就是放在大学汉语教学研究上鉴赏，也会认为不妥帖……"弄得黄紫主编当众大窘，脸上红白参半。谁都知道主编青春年华之时，受父辈株连，下乡当了知青，未读过大学，但并不妨碍他成为一名著名作家和优秀编辑。事情的结果是征求了作者的意见，终还是删改了句子。

然而，蒋君最大的尴尬还在后头。

《海鸥》丛刊有时也靠编辑得意之作支撑门面。蒋君回乡探亲写就的小说《乡村谋杀》很快就通过了终审，但主编同时也提出删减3000字的意见。但发稿终校时，黄紫发现作品并无删节。蒋君据理力争，但编委会最终原则决定：经终审的稿件不可随意添删，确保终审尊严。如按意见删节，立即刊发；如不删节，可做另处。蒋君无奈，将稿件投给了省外刊物。

事后，《海鸥》丛刊调进了一个年轻的诗歌编辑。理由是当下从初审、复审到终审都是清一色的小说家，而一个优秀刊物不应错过文学中任何一种体裁。至今，《海鸥》丛刊仍保持每年一期"诗歌专辑"。

接下来，《海鸥》丛刊面临财政断奶危机，为保持编辑队伍稳定，由省作协出面，要求编辑郑重承诺，五年内不论《海鸥》丛刊走向如何（潜意识是丛刊盈亏与薪酬挂钩），都确保留守在阵地。否则，可申请调离，由组织帮助协调。就在这个时候，蒋君才似乎明白，他调入《海鸥》丛刊原本就是一个错误，他终于钻进了一个别人设计的圈套。而钻圈套的还有不知趣的邓海，他似乎挤热闹一般写了调职申请。

　　蒋君重新回到鲁师大时，正逢上评职称，他顺利地评上了教授。原来投给外省的那篇小说《乡村谋杀》，获得刊物年度优秀小说奖，还被一家中篇小说选刊转载。

　　而《海鸥》丛刊要求编辑承诺留守阵地的事不了了之，邓海还在丛刊当初审编辑，诗歌编辑做了复审，但再没有尴尬之事发生。

　　至今，蒋君与人说起《海鸥》丛刊，总会说，他在那里虽闹过尴尬，但尴尬也风流。

第四辑
两个人的小站
XIARILIDEZUIHOU
YITANGBANCHE

迷失在秋天

　　杨继是高三第一学期转学到这所重点中学的。

　　刚入学，他就被推荐担任学校"红帆"文学社副社长，在此前，他曾在地方日报上发表过十多首朦胧诗。

　　他第一次参加文学社活动，是在语文组邀请省作协著名现代诗人卢斯当文学社辅导员的聚会上。要知道，卢斯是青年诗人的偶像，是步尘北岛、顾城之后诗坛的又一颗耀眼的新星。

　　他走进那次活动的教室时，已座无虚席，人头攒动，声浪逼人。刚坐定，身边还有一位可爱的女生，她自我介绍："我叫乔娇，你呢？"她的热情让他吃惊，她是红帆文学社社长。那次活动，或许对于已发表不少佳作的他并不重要，但重要的是同卢斯成为文友。

　　说实话，那次演讲，卢斯或许不是最优秀的，但的确是很出色，卢斯的举例总是那样自由活泼，别具一格的手势和其他肢体语言结合，总体那么洒脱，诡秘而略有扩张的笑容，灿烂得足以打动在场的每一个人，让人着迷和陶醉。

　　然而，卢斯并不是很成功，半个学期下来的三次讲授，文学社已溜掉了不少人。但并没见他皱过眉，他曾对社长乔娇说："走吧，剩下的就是精英，让别人去说，走自己的路！"

　　杨继凭以往的经验，文学社与主课无关，有人半途而废，纯属正常。据说，本校在上学期曾办过卡拉OK音乐班，开始也很热闹，但未到期末就经营不下去了。

转眼天气转凉，每个周末的文学社活动，卢斯还是坚持来，文学社仍有着二十多人。

一天，在路上，乔娇从背后喊住杨继，她说："你去时顺便将文友习作收齐，并送卢斯评点，以后文学社就靠你撑下去了。"

"你怎么不参加……那样卢斯会有想法的。"

"不会吧，我爸帮我找了个家教的活，我走不开……"她转身跑了。他感到浑身一阵虚凉。

走进课室，卢斯还未来，但乔娇的课桌上已叠着一组稿笺，但比起文学社邀请卢斯初期时却单薄得多了。杨继记得乔娇曾抱着厚厚一摞诗稿，对他嚷："帮帮我，我快抱不动了。"

卢斯来了，讲授诗的意境及意象、具体和抽象的表述等，但杨继一句也听不进去。下课时，他将收上来的诗稿递给卢斯，卢斯却说："乔娇呢，她没有来？"他显然发现她的座位一直空着，预感到什么事情发生了。

杨继讷讷地说："乔娇，她今天有事……"

离开学校时，杨继去送卢斯；卢斯忽然问："你真的爱好文学吗？热爱诗歌？"

杨继一时无语，然后又点点头。

卢斯又问："乔娇呢？她也是真的？"他或许在怀疑乔娇的文学态度。

杨继自信地说："我想，她是真的，和我一样。"

"我讲授后，你们都悟到什么了吗？其实，创作靠的是感受，不论写什么其实是写自己，不管你写了什么，关键是别人感受到了什么。"杨继似懂非懂地低下头。卢斯还说，他读过杨继的诗作，很有天赋，千万别荒废了。

杨继不假思索地承诺，一辈子同缪斯为伍。

一个学期快过去了，文学社里仅剩十六人。虽然活动未停办，然而乔娇却未再出现在文学社里。卢斯仍然来，讲课仍是神采飞扬，仿佛无视教室里许多空落落的座位。

期末，班主任找到杨继，说："你的功课一退就是千里，下学期就是高考冲刺了，从下周开始，学校办个补习班，你来听吧，你父亲同我说过。"

紧接着的日子，杨继左右为难，喜欢文学没有错，但文学代替不了高考冲刺。

又是周末，杨继想，就是要去补习数学，也要交代别人收齐诗友的诗稿。于是，他还去那个开展文学活动的课室，却在门口碰上班主任。班主任说："你怎么不去听数学课，快走吧，别迟到了。"杨继犹豫一下，最终没有进入课室，就离开了——离开了文学活动的地方。

事后，卢斯找到杨继，杨继抬不起头，说："对不住，我不会放弃文学的，但，我的数学……"

卢斯却说："没有什么对不住，谁也不能对不住文学，可我理解你。"杨继抬头看他，见他眸子里很亮，仿佛被什么灼伤了。

那之后，每个周末，杨继就去补习数学，经过那个熟悉的教室时，就忍不住打望，卢斯仍然来滔滔地讲，十几个同学仍在默默地听，只是自己的数学却未见长进。

待到考完期末试的那个周末，杨继兴奋地跑到那个熟悉的教室，其中有个女生对他说，卢斯不会来了，他授的课已经讲完，他说过脚下的路要靠自己去闯。

那以后，杨继就再也未见到卢斯，考入大学中文系后，他还写诗，不时也发表若干，却很少见到卢斯的诗。

稻香

李群忙完应酬，从亿丰商厦出来时已是晚上八点。他驱车走在繁华的街道上，心里并不平静。刚才酒桌上同行的话还响在耳膜：这些年，市县里只要有人进了省城站稳脚跟，你就无法摆脱市县来人的烦扰或者纠缠。你帮他把事办了，孝敬菩萨的话也会说；可要是帮砸了事，当面甩脸就走人。

他正步入中年，已是省城商业总公司的副总经理，就拿这次人力资源部门招聘来说，应聘者各显神通，各个渠道途径的招呼铺天盖地，应接不暇。而二十多年前，他只身来到这座城市，却是举目无亲……

那年，家乡遭荒，娘给他一个地址，让他进城来找一个叫贾良的人，说他在家乡当过知青，会帮忙的。走的前夜，他和青梅竹马的稻香道别，他动情地说："等我在城里站稳脚，就回来接你。"稻香却婉拒了："你进城去了，就好好为前程奔，别惦记我了。"说罢转身就走。他没有去追她，却暗暗下了决心，在城里有出息了一定好好待她，就像他曾旦誓不会忘记秋天田野的稻香。

次日，他挤上客车一路颠簸到了省城，好不容易转折打听到一家门牌下。他敲开门，门里挤出一张中年男人的长脸，警惕地盯着他："你找谁？"他说："我来找贾良，他在我们家乡当过知青……"那张长脸皱了皱眉说："贾良不住这里了，他早搬走了。"他急忙问："那他搬到哪里去了？"长脸回答说："城里这么大，找一个人就像大海捞针，哪里去找他，你还是回家去吧。"说罢关上了门。他提着行囊像一只无头苍蝇走在宽阔繁华的街上，看着四周林立的高楼大厦，却找不到自己的立足之地。出来时，他只带了单程的路费，只得找了家小旅馆住下再做打算。

第二天他去找工，准备先挣回家的盘缠。他走过几条街道，问了好多家店铺，找工都没着落；饥肠辘辘，看着店铺里熏蒸出笼的包子，他想起了家乡田野的稻香。忽然，他发现一个七八岁的小女孩在街边哭着，看样子显然是迷了路，一副又饿又怕的样子。许多人停下来看她，却又都走开了。他想起小时候有一次稻香上山打柴迷路的情景，就上前去，用他身上仅有的钱买了一块烧饼给了她。女孩不哭了，跟着他又拐过一个街口，却说不清家到底在哪里，他正焦急，女孩的父亲突然从天而降，问清缘由，对他谢天谢地。他已身无分文，正犹豫索要回家路费，没想到女孩的父亲问："你是进城找工的吧？要不到我们公司来干吧。"他喜出望外，差点流泪跪了下去。

在公司，他的勤勉和上进，很快在对外营销方面独当一面。在一次壮大兼并一家公司时，他在一张人员花名册上看到了贾良的名字。起初他还想天下之大，同名同姓的人多了，等到真正见到贾良，居然正是当初自己刚进城时敲门后见到的那个长脸的中年男人。贾良见到他时，脸上也"唰"地红透了，不敢正视他。哦，当初他为何不愿意相认？是怕会给他带来麻烦，还是像稻香说的那样城里的人情比纸薄。而偏偏在这以后，他就是贾良的上司，虽然同在一家商厦里上班，在各种场合常常碰面，但却形同陌路；有好几次，他感觉到贾良似乎要跟自己和解打破僵局，但一想起当初的境遇，就懒得理睬他……

如今二十年过去，李群当上了公司的副总经理，有了一个温馨而安逸的家庭，妻子勤勉贤惠，女儿争气上了大学。尽管这些年在城里打拼滚爬，疲于奔波，但每当驱车回到居住小区，看到楼上亮着柔和灯光的窗户，还有妻子倚窗期待的身影，他就感到无限幸福和温暖。

…………

他开车缓缓滑进车库，刚走出来，有个女孩就上前拦住他。他认为是为这次公司招考找他的，故作惊讶地问："你找谁？"

女孩说："我来找李群叔，是我娘叫我来的，我娘叫稻香。"他凝眼一怔，仿佛看到稻香轻盈的身影。刚进城两年时，他回家乡，还带了城里的礼品去见稻香，她却已经嫁人了，山里的风霜削走了她的俊俏；她衷心祝贺他在城里站稳了脚跟。再后来，母亲过世，他就很少回家乡了。这些年因为业务忙于应酬，一次次盛宴的记忆荡然无味，也早忘却了秋天田野的稻香。现在莫非家乡又遭了灾，稻香才想起了他，让女儿来投靠他？眼下已不是二十年前了，农民工涌进城来，就业机会竞争激烈。况且找工作也不是一天两天的事，她要住多长时间？家里的房间也不宽敞。他不动声色地对女孩说："李群已经不住这里了，他早搬走了。"女孩急问："那他搬到哪里去了？"他说："在城里，找一个人就像大海捞针，你找不到他的，还是回家去吧。"刚一说完，他就觉得这句话似曾耳闻，竟出自自己的嘴里。

女孩向他道谢准备离去。他忽然想起这与多年前自己来找贾良时的遭遇是何其相似。贾良鄙视他的那副嘴脸在心里生了根。贾良早已退休了，他却始终都不原谅他。而现在他怎么也成了这样！他心里一抖，记起稻香当年的温情，对女孩说："我刚才没认出来，我就是你李群叔，先进家里住下吧，进城找工也不是一时半刻的事。"

女孩听了，向他嫣然一笑，说："李群叔，你误会了，我不是来找工的，我去年大学毕业，在一家公司上班，这次家乡要修大桥，我回去一趟，我娘让我给你带土特产来了。"

他听着很羞愧，一脸窘态。待女孩走后，他忽然记起前不久接到家乡一个庆典请柬，他原打算找个借口搪塞过去，但此刻他决计了，不管多忙也要回一趟乡下去。

荒漠一夜

　　天蒙蒙亮的时候，他已在大漠的荒滩里跋涉了整整一夜。

　　他蠕动着苦涩僵硬的舌头，舔了舔嘴唇上叠透的干血泡，面对远方一望无际的沙梁，不由回望一眼身后伴随的追敌——晨雾里闪着两点绿光的饥饿野狼，心里又掠过一阵恐惧和绝望。

　　他是昨天下晌为了拍摄到沙漠上的绿洲，离开了驼铃队，深入到荒滩深处的。当黄昏降临的时候，沙梁上传来一声凄凉血性的狼嚎声，他回首寻望，蓦然发现了暮色里浮动着两点闪亮的寒光，倏地，疲惫夹带饥饿一同向他袭来……

　　整整一夜，他别无选择，慌惶地在大漠里奋力向前走。途中，他为补充体力，备带的干粮吃完了，水壶里的水喝干了，肩上却压着沉沉的摄影机和行囊背包。但他不忍心将拍到海市蜃楼般的别致风景一掷了之，那可是他艺术生命的价值所在。然而，野狼显然盯上他了，将他看成大漠里唯一补充营养的佳肴，他只好拼力地在沙漠里走着。他心里明白，在荒滩里，缺水是最大的灾难，野狼同他较量的是毅力和意志，自己若是稍有松懈，在沙梁上倒下，野狼就会冲上前，挥舞双爪，将他撕成碎条，充饥解渴，而他拍摄的荒漠上的别致风景将化为乌有。

　　他回望野狼时，明显发现野狼在浑身抽搐，脊梁的骨节更加突起，干瘪的肚皮贴在沙土上，喘气声越来越粗重，他们之间的距离越拉越长……渐渐地，野狼举步维艰，停下来了。他心里不由掠过一阵狂喜，野狼终于撵不上自己了。稍刻，又见到野狼嚎叫一声，转头调向，灰溜溜地往回逃窜。他不由挺直身躯，英雄般地傲立在沙梁上，似乎嘲笑野狼意志的崩溃瓦解。

当野狼的背影逃遁远去，他又一下子瘫倒在沙梁上。他该往哪里走？何方才能寻到驼铃队？哪里才有水源？严重地缺水，他已鼻孔出血，七窍冒烟，四肢乏力。忽而，他转念回想，猝然想到，野狼的转向莫非预告着前方是一条通向大漠腹地的死亡之路，于是，他意识到只有重新振作，尾随野狼，或许才有可能离开大漠，找到驼队，使别致风景焕发艺术之光。

他重新挺起疲惫的身躯，沿着野狼逃遁的方向赶去。为了避免同野狼的孤注掷扑，他既不能尾随太近，那样会惊扰它，当然又不能太远，如果稍有松懈，就会迷失跋涉的方向。

茇茇草是大漠里涉跋者的救命圣草，沙梁坎下，野狼过处，茇茇草已被啃尽；他随踪而来，只好刨出草茎，细嚼取湿。野狼困乏了，停下来回头对峙地盯着他；他也停靠下身，机警地准备应对野狼的反扑。有多少回，狼跑他奔，狼歇他停。有几阵子，狼的双腿摇摆踉跄，迷迷茫茫地迈步，他就像虚脱一般神情恍惚，晕晕乎乎地跟着……

狼撵人整整一夜，人追狼足足一天，又是日头西斜的时分，终于，沙梁坎下出现了一片罕见的沙洲——那是内陆河被沙漠侵袭仅存的一汪清水。

野狼仿佛忘却了疲惫，奋着双蹄奔过去。

他喜出望外，狠狠地咬了一下血唇，忽而，一阵熟悉的驼铃声响过，昨天同行的地质勘探队出现在前方。他顿感泪水漾出眼眶，蒙胧中，他看见两名地质队员正端枪向着吸水的野狼瞄准，他声嘶力竭地喊："别打它，没有它，我走不出荒漠，是它救了我的命……"

声落枪响，野狼猝然倒在甘泉一般的水边，枯瘦的四肢也懒得一动。

他一个踉跄，向前一个滚翻，昏了过去。

两个人的小站

隔着飘柔的雨雾和时光，我还是将她认了出来。

我刚从公共汽车上下来，到这个小站候车亭去躲雨，等着换车，却发现她已站在那里了。她仍然是一身清爽的装扮，目光一交接，她的脸颊腾地红了。

我佯装迟疑地走过去："是你？！"

"没想到吧。"她将身子靠了靠，腾出地方让给我，又说，"你还是在这个小站换车？"

我心里一亮："快一年了，你还记得？"

一年前，我和她正在初恋，彼此心眼里都容不得一粒小沙子，因为一件微不足道的小事以及几句斤斤计较的气话而失之交臂。

"你怎么到这来了？"我问。

"在这换车到姨妈家去，可这雨……"

一年来好不容易遇见她，我找话说："你吃饭了吗？我很饿，你愿意的话，我们随便吃点东西吧。"

"好吧，你买单，我当然愿意！"她回答得像一年前那样爽朗。

我和她进了候车亭边的一家小饭店。

那时，一旦分手，我的脑子里空白一片，可又下不了决心主动去找她，我等待着她给我打来电话，但我一直都在等待之中。我终于等急了，到她上下班换车的那个小站等她，以致我改变了自己原来上下班的路线，可总是等不到她秀气的身影……一周过去，半月过去，我怎么也没想到，她身边有了一个挺拔的小伙子。哦，原来，她或许就不喜欢我哩。

此刻，她就坐在对面，像一年前那样脉脉地盯着我，用调侃的语气说："怎么吃喜糖也不请我？""没有的事，我还独身。"我断然否认，"你尽乱猜！"

"我见过她的，就在这个小站……"

她说，那时分手后，她一直等着我给她打电话，可一直都在等待之中。之后，她还曾到我上下班换车的这个小站等我，可每天注视着上下班的人，就是没有见到我的身影……十天、半月过去，她却发现我的身边多了一个留长辫子的姑娘。

我忙说："你是说一个留长辫子的，她是我的一个远房亲戚，那时，她刚考上师院，难怪有人逗过我……"说着，我笑了，又说，"快一年了，他对你好吗？"

"谁？你胡扯！"

"不，我见过他的，高高的个头，挺帅，还贴得很近。"我无不羡意。

"他，是我当兵的哥，那时他探家，我跟你也说过的。"

沉默了片刻，我和她便像一年前那样海阔天空地谈起来……

…………

临了，她说："我的伞坏了，你能陪我上一趟姨妈家吗？"

"你都说了，我能不去吗？"说罢，我买了单，与她一同起身。

刚出门，她忽地记起什么，说："哎哟，我的伞还在店里。"

我殷勤地说："我去拿。"说着蹓身入店去。

在刚才坐过的桌边，我寻到了她的那把花伞，一按伞的阀门，伞升腾开了，多么秀逸，哪里坏了呢。我心里笑了。她，还是一年前的她呀。我收好伞，出门去。

门外，迷蒙的雨仍在飘洒着，那个候车亭还挤着许多人。

她提议："我们走路吧，不等车了。"

"好吧。"我回答得比她的提议还要干脆。

于是，一把飘逸的雨伞在迷蒙的雨幕中升起，我们上路了，我们走的方向只会离她姨妈家越来越远……

收购站秘密

　　周成三在镇医院招标承包中落选了。

　　可他很倔，再也不愿去挤在重新组合中的位置。

　　他在县药材收购站当站长的父亲周万圆一面为儿子的愁眉怜惜，一面又在暗暗欣慰。他年近六旬，早想让儿子接自己的位子。一个傍晚，他终于对儿子说："别愁眉苦脸的，那针筒配药的玩意，也不是好弄的。爹这辈子就混在小小的药材站，外人看总是低微些……但也不愁吃香喝辣的，我已同领导说好，我退了，让你去接我的班！"

　　"什么？"成三大惊，他绝不愿别人为他铺路而走，极力地反对说，"我不是小孩，干什么不行，非要让我混在药材收购站？"

　　他的母亲出面了，笑吟吟地说："三儿，别听你爹那老糊涂的，娘知道你心里烦，可眼下……要不，你就跟着爹干一个月吧，往后……有了合适的工作再说。"说着，眼眶就湿红了。

　　成三最见不得母亲的慈泪，再者他总不能闷在家里吃闲饭。他答应了，就先跟着爹在县药材收购站帮工干一个月再说。

　　然而，成三作为药材收购站帮工干了半个多月，压抑的心情却未有丝毫的轻松，依旧是那副忧郁的神貌。

　　一天，成三起了个大早，老远他就看见一个山村装扮的大嫂，挑着两个小篓等在那，一定是卖山药的。成三打开了收购的大门。那大嫂主动掏出山药待验，他一看愣住了，她拿来的山药片简直能同医院药房的相比。他连声说："按特等收，按特等收！"这时，父亲来了，以行家的目光盯着小篓里的山药，用手翻了翻山药片："这些不太纯……也湿了些……含混……"抬头碰到大嫂的眼睛，"是张嫂，委屈你了，我可要对国家负责，这样吧，还是按一级收，有什么事，我顶着，下不为例了。"

成三准备记账的时候，父亲抢过他手中的笔，在账簿上的等级格内写上了"特等"两字，他正大惑不解之际，只见父亲从抽屉抖出特等药片同一级药片的差价，塞给他："拿着吧，像这样的药片十有八九是乡下人挖的，我们要卡住，压得再低，他们也会卖……不图啥，就图这个差价！"成三听着，仿佛忽然间明白了一切，父亲混在收购站多半辈子，工资不高，银行里却有十万的存款，而今又一度地嚷着要我干这一行，莫非就是为着图这——他拧紧双眉，迟疑地接过钱。

当张嫂再一次回来卖山药时，成三竟将一百多元的差价还给了她。而后，张嫂带着山村里许多人抬着优质的山药来卖，眼看着随手可图的大利都在儿子的手中漏掉，父亲痛悔不已，深悔不迭。

很快，成三跟着父亲在药材收购站干完了一个月。当夜，周万圆把儿子叫到跟前，说："三儿，看你还愁眉苦脸的，药材收购站这一行，你还是别干了……"母亲疼爱地说："我也早说过，三儿干哪一行不行，都怪你偏让他混在收购站……唉，三儿呀，娘知道你心烦，我又跟张院长求情，他说了，让你回去当个助手！"说着，鼻子酸酸的。

这一回，周成三再也顾不上母亲的眼泪，倔强地说："不，我是不会去的，药材收购站我是干定了！"

万圆夫妇瞪圆大眼，立若石雕。

绞刑架下

艾生被日本宪兵押赴刑场时，拖着哭腔，哀怨声笼罩着整个寂静的广场。

　　洪霞妈妈挤在围观的人群里，她听到有人嚷道："这软骨头会把我们搭进去的，要想办法堵住他的嘴。"艾生年幼丧父，胆小脆弱，但他富有上进心，参与了一起爆炸日寇军列的行动，因不慎被日军巡逻队抓获，却经不住严刑拷打招供了计划；虽然同志们及时转移了，但日本宪兵队却要让他当众举证主谋人。

　　现在小镇上的居民都被传到广场上，空气中弥漫着肃杀的氛围。

　　艾生终于被两名日本宪兵抛掷在绞刑架下的木台上。他身上伤痕累累，衣服上染满了血迹。

　　"怎么啦？小伙子，你在发抖！你抬头看，那是什么——"监刑军曹指着绞刑架凶吼着，艾生沿着军曹的指向望去，只见绞架顶上悬吊着一个麻绳圈，套，只要绳索到人的脖子上，按下木台上设置的红色按钮，他就会被绞死。

　　艾生惊惶地哭了，军曹俯身对他吼道："炸军列的，谁是主谋？"随着用手猛抓一把艾生蓬乱的头发，逼向他。

　　艾生像杀猪般凄惨哭着，满脸恐慌，没一丁儿血气。

　　"快说实话，谁是主谋？"军曹又撸了艾生一记耳光，"软骨头还想代人受过。"

　　艾生哀哭着没有回答，他把目光投向围观的人群，那里有他熟悉的脸孔，多么渴望有人站出来救援他。终于他探寻到母亲慈爱而痛苦的面容，他伸出一只手，哀叹："妈妈，妈妈救我——"

　　"再不说，上绞刑的就是你！"军曹瞥了人群一眼，对他吼道。

　　艾生忽地记起什么，他说："不是……是我。"

　　"好，将他套上绞绳，绞死他。"话音一落，绞台上两名日本宪兵立即将麻绳圈套套进艾生的脖子。

　　艾生的身子一下子颤抖起来，他将目光再次投向围观的人群，他看见日本宪兵将挤上前的妈妈挡了回去，他挣扎着试图伸出手，充满期待地喊叫："妈妈，妈妈救我——"

"噢，谁是你妈妈，快点站出来。"军曹冲着人群喊。

洪霞妈妈终于从人群中站出来，显得出奇平静。

艾生像见到救星，他想扑上去，可是被日本宪兵架在绞台上，他哭道："妈妈，他们折磨我，我受不了啦……"

洪霞妈妈走近绞台，靠上去，捧着艾生瘦削的脸，抚慰着说："不，孩子，你别怕，你受得了，你比妈妈想象的还要坚强，你已经错了一次，不能再错第二次……"终于，她流出酸楚的眼泪。

"妈妈，我怕，我不想死……"艾生抱着求生的欲念。

"孩子，我们都有那么一天，只不过你先走一步，我们在那里与你父亲团聚，他是我们永生的骄傲，但我们见到他时都要面无愧色！"她宽慰着他，似乎要唤醒他应有的坚强。

"他们要绞死我，我还年轻，我不想死——"艾生恐惧地哭着。

"很好！不想死，就把主谋供出来，他一定在人群里，认出来，我敢保证你就会跟妈妈回家去。"军曹将目光抛向人群，诱逼着艾生。

"妈妈，我真不想死。"艾生飘忽的目光又一次投向人群，然后转向妈妈，似乎巴望妈妈的应认。

"好。"洪霞妈妈转向军曹说，"那就让我来问。"见到军曹挥挥手应允了。

她顿了顿，仿佛整理着思绪，仰望艾生，深情地说："孩子，你看着妈妈，别害怕，不要哭，妈妈爱你，妈妈不想你受苦，更不愿意更多的人受苦，你等着妈妈，妈妈会来陪你，相信妈妈……"说时，她盯准绞刑台上那个红色的按钮，跃身上前去。

军曹见状顿悟，急喊道："拉住她，拉住她——"

刹那间，洪霞妈妈已用力按下了电钮，绞刑架上那个麻绳圈套一下子勒紧艾生的脖子，他整个身子向上悬空时，她眼前一黑，昏倒在绞刑架下。

第五辑

鲜花送给谁

XIARILIDEZUIHOU

YITANGBANCHE

同在屋檐下

入秋，如晦的暮雨不解缤纷景色的风情，笼罩着这座海南东部商埠小城嘉积镇。

在元亨路，一个中年妇女夹着提包，贴在街旁的墙根边躲雨，头上人家的阳台伸出而成的屋檐，能遮住一米来长、二米余宽的地盘，但斜风一紧，雨水仍可逼进来，透人肌骨。

几辆"风采"三轮摩托车驶过，不少人顶着风雨去追赶，但人多车少，有人被风吹雨淋着了，仍赶不上车……

中年妇女正拔动脚，又收步了，叹了口气，抱紧瘦削的肩膀仍贴在墙根，盯着街上飘忽的风雨。

一阵急促的脚步声由远而近。

又一个小伙子闪进屋檐来。他喘着气，嘴里咒骂着鬼天气，狠狠地跺着湿了的脚，水珠溅到中年妇女的裤脚，中年妇女避开一步，扭过身去。

雨中，一位身材条直的姑娘朝着屋檐奔来。

她本来打着伞，但伞很小，挡不住风雨的前后夹击，小腿以下全湿了。挤进来后，她躬身挽起裤筒，露出白皙的小腿，撩了一下额前驳乱的刘海，本能地对中年妇女和小伙子一笑，却见小伙子正盯着她裸露的小腿，便忸怩地转过脸去。

最后来到屋檐下的是一位老伯叔。

他年逾六旬，鬓角斑白，身上披着一件宽大的雨衣，却被风冲袭得像一只鼓翼的风筝，瘦小的身躯在雨衣里不住地打战。

来晚了，老伯叔自然不能像先来的贴在墙根边。他表情冷漠，不朝别人望一眼，静静地站在屋檐边沿下，风一横，他的雨衣不时被雨珠"滴答"地打着。

屋檐下，四个陌路的人静静地躲着风雨，谁也不吭一声。

天边，又闪过一道耀目的雷电，风雨更大，寒意更重。

中年妇女不由起了一身鸡皮疙瘩，抱紧肩胛。

姑娘深深地打了一个寒噤，揉擦一下喷喷发痒的鼻子。

老伯叔被摇曳的雨帘呛着，有点透不过气，龟缩着身子。

小伙子迟疑了片刻，然后迎着风雨冲袭而来的方向，一下子跨到前面去，把老伯叔让到墙根。小伙子的背后，老伯叔、中年妇女和姑娘渐渐并排贴紧了墙根。

风，更紧了，雨，更急了，阴晦的天空一时半刻没有晴朗的意思。

小伙子站在屋檐下前沿，头发和前胸湿透了。中年妇女望着他的后颈窝，掏出一条旧皱的手巾……又迟疑地放回提包。

姑娘的手动了，举起小伞，一点一点张开，又一步一步升起，向屋檐前面伸、伸……开去，终于伸到小伙子的头顶。

小伙子连连打了三个喷嚏，他摸出一支不算昂贵的烟，可打火机一直打，却总打不起火苗，终于他失望地将打火机抛进雨水中。

中年妇女下意识摸了摸衣袋，但什么也没有掏出来。

"啪"，一朵蓝色的火苗升起，照着到檐下的躲雨人的脸，老伯叔把打火机伸到小伙子跟前，烟点着了，小伙子狠狠地吸了一口……

一股潮湿、黏腻、辛辣的烟雾弥漫而起，中年妇女不由咳嗽两声，小伙子回望她一眼，又无奈地将烟抛进雨幕中。

中年妇女似有歉意，嘴唇嚅动了一下，却没有说出声来。

屋檐下又一阵沉默，只听见风声、雨声和自己的心跳声，积满雨水的街面像一扇洁净的明镜，倒映着屋檐下四个陌路躲雨人的影像……

鲜花送给谁

　　林医生是在刚刚经历婚姻裂变之后，报名奔赴抗"非典"第一线的。

　　然而，偏偏冤家路窄，她竟然遇上了她——那个夺走她丈夫的女歌手——从病历卡上她印证了一个让她伤心的名字。此刻，女歌手已被确诊为"非典"病人，正躺在床上，等候着做切喉插管手术。她稍一迟疑，几乎想夺路而逃，然而，现实却不容她犹豫逃避，护士已做好了手术前的准备工作。

　　第一回见到女歌手，是在影剧院。那时，丈夫出差没有按时回来——出差晚一天回来也是常有的事。她就领着女儿去影剧院排遣寂寞。虽然影剧院放的是旧影片《人到中年》，但是出于职业上的偏爱，她还是去了。电影刚开映，她忽然发现一个熟悉的身影坐在一个黑暗的角落里，他的肩膀上扛着一个轮廓柔美的脸。开始，她以为看错了，还暗笑自己多心。电影放了一半，女儿要上洗手间，她起身携着女儿轻步从那个黑暗的角落走过。那情景让她脑子里不由轰然一声，丈夫的肩膀上倚着一张艳丽的脸，那性感的嘴唇和乖巧的鼻翼不时地在丈夫的脸上来回蹭着。世界顿时漆黑一片，胸口堵得发慌，几乎喘不过气来，她硬撑着身子走开了。上完洗手间，女儿说她脸色难看，她才离开影剧院。

　　她爱丈夫，就像电影里陆文婷那样爱得刻骨铭心；她爱事业，也像陆文婷那样一心扑在医学科研上。然而，男人的心，无底洞呀，丈夫在外贸部门工作，一年有一半时间出差在外。后来，丈夫又一次出差，她却与同事在影剧院找到了他。没想到丈夫索性摊牌了。那个女孩是城南玫瑰夜总会的女歌手。

平心而论，女歌手比她年轻漂亮，但她就永远不会老吗？她同丈夫曾谈过这样的话。此时，女歌手即使穿着隔离手术服，也遮盖不了她的青春气息。再次见到她，是从法院办离婚手续回来的路上，心里有多少次咬牙切齿地恨过她，如果没有她勾引，丈夫会变心吗？多少次她这样问过自己。上手术台前，她换上隔离服的时候，有一个念头涌在她发沉的心头……不理她，多等些时间，她就会从这世界上消失……她狠心夺走心爱的丈夫，自己还要救护她？

刀尖挨近女歌手的喉管的刹那间，她几乎像触了电似的缩了回来，胸腔里的心剧烈地跳动着，几乎要蹦了出来，她像做贼心虚一样，扫了一眼身边的护士，惧怕她们觉察到自己不纯的企图。

她定定神，停顿了一下，仰头深吸了一口气。心里颤了一阵，又抖一阵，没有人知道她的眼底里浮上了亮光……

切喉插管手术获得成功，女歌手被移入了隔离病区。

…………

女歌手能够说话的时候，就给家里打手机，说："是一位姓林的医生及时给我做了切喉插管手术……她像电影《人到中年》里的陆文婷，有一双美丽的大眼睛……你要来看我，不，你就把鲜花送给林医生吧。"

女护士打断她："别送了，林医生因为抢救你，感染了……"

"她还好吗？她叫什么名字？"

女护士没有回答她，倒是一个男医生说了："林医生已离开了我们，但她祝福你……还有你丈夫！"

……女歌手一脸疑惑。

男医生说出了一个女歌手熟悉的名字。

女歌手的泪水夺眶而出。

父亲，从乡下来

刚过秋分，风就软了，离寒冷还要一些日子。

窗外，连日来阴晦的天空，不间歇地筛洒着毛毛细雨，飘得我一度怏怏的心情发潮。今天早晌，我的几个大学毕业后从未聚过面的同学好友早就约好，今夜到我这重叙生情，这无疑就像霉暗的屋子晒进一缕灿烂的光芒。

刚吃过晚饭，我正洗漱饮具，门就被敲响，准是他们来了，还早呢？咚咚的敲门声擂得好重。唉，都进入社会谋生了，怎么还像在学校时那样冒失。我上前打开门，不由一惊：哦，是父亲，他从乡下来了。

父亲裹着一件半旧不新的大衣，头发上挂着零星的雨珠，削瘦的脸孔上一双眼睛却十分有神，背上还驮着一只鼓鼓的布袋。我脱口而出："爸，你怎么来了？……"

父亲似乎显得很不安，讷讷地说："家里闲，今早晌拔了花生，你娘惦着你，就嘱我来……"说时，他放下布袋，抹了抹头上的水珠，才慢慢舒了一口气，对我巴结地一笑。

我本能地操起炊具，问："吃饭了没有？我来煮……"心里却有一缕隐隐幽怨，那时候，妻子到一个边远的乡镇蹲点去了，我的饮食糊口靠自起炉灶，自然有些许不便。父亲仿佛意识到什么，阻拦我："别煮了，我吃过了……刚才，刚才在街上。"

我没有迟疑，抢过话："别说谎，挨饿的可是你。"说时，还是执意淘米，可父亲很倔，上前拦住我，一度说在街上吃过了，说时他已操起扫帚，涂扫地板。

刚刚收拾停当，我三个同窗好友来了，二男一女。两个男的在高中读补习班时，一起寓居在一张宽大的床上。大冷天，一张薄薄的被毡你争我夺，夜里几十个轮回还未见天亮。后来，都考上了大学，虽然不同院校，却书信不断，常有联系，可参加工作以后尚未聚面。那个女的是高中时大家公认的校花，班上的男孩都倾慕她，但表示好感的手段却引起她的反感。记得有一个雨天，她去食堂打饭，我给她送过伞，换来的只是一句谢谢，而后就是无言的结局。至今，她已成为别人亮丽的风景，但大家聚到一块，仍是哥们铁姐般的朋友，有一句名言说得好，只要彼此爱过就是无憾的人生。

父亲显得热情过剩，格外勤快，喜滋滋地端出从家里驮来的花生。花生是刚从地里拔起就用水煮熟的，吃时有一股原味原汁的香气。

我的同窗好友坐下围定，尝着花生的口味，都说父亲好疼我，羡慕我有这样憨厚慈祥的父亲。

父亲拘谨地坐在一边，不时还插几句话，我的同窗好友显得很客气，对他嘘寒问暖，还询问起乡下收成年景。父亲一点也不生分，絮絮不休地作答，甚至忘情地唤起我的不悦听的曾在中学时就惹女同学取笑的乳名。

花生终于在毕毕剥剥声中吃腻了。

我趁着父亲上洗手间的机会把一张五十元券的人民币塞给他，说："爸，今夜影剧院演琼剧，海口剧团的《狸猫换太子》，是新剧目，育明演主角，你去看吧，顺便将花生壳端去倒了。"

我深知父亲喜欢琼剧。我读中学时，每逢军坡节期，他总是跨上自行车走村串户去看。参加工作后，我不时回乡下，就买几盒新版的琼剧磁盒带给他。如今剧院正逢演戏，他当然高兴。他向大家道过声，就飘然出门去了。

父亲一离开，我的三个同窗好友就更无所顾忌，海阔天空地聊叙起来，说什么在婚姻上有温暖的家庭并不温馨，有可爱的妻子却未倾心；说什么在情场上只在乎曾经拥有，不在乎天长地久；说什么在官场上不论过程中肮脏争夺，而应注重最终卓有成效的结果……絮絮休休，莫衷一是，无一而足。

时间过得真快，夜渐渐地深了；不知不觉间，子夜已过。

我的三个同窗好友起身告辞，我送出门外，忽然记起父亲还未回来。这时候，影剧院早该散场了，他到哪里去了呢？于是，我转身回屋，找出一件大衣，出门去。

街上，毛毛阴雨仍在溟蒙地飘洒着，寒意伴随夜幕明显地浓重了；几间临街的店铺开始打烊，回响着关门的咿呀声，我沿着剧院的方向寻去。

远远地，我就看见高大的影剧院大楼已漆黑一片，门前几盏昏黄的路灯疲倦地睁着眼睛，小商贩们已收拾起夜市的摊档。父亲，你到哪里去了？

我在影剧院门前的台阶上徘徊，向四下黑暗的角落找寻。父亲，你在哪里？

忽然，我发现一个栏杆处倚着一尊佝偻的黑影。我疾步过去，哦，果然是父亲。他睡着了，手里还抓着一只煎煳的葱油饼，他或许来的时候压根儿就没在街上吃过东西……

我犹豫再三，不忍唤醒父亲，他削瘦的脸孔显得十分疲倦而苍白。但寒意渐渐更重了，我脱下大衣，披在他单薄的身止，他却恍然醒了，不经意地对我歉意地一笑，陡然，豆大泪珠已漾满我的泪眶……

前面又是陡坡

海马小轿车驰到海输中线的阿陀岭下，开始向盘山路攀行……

他坐在车的后座，手托着尖削的下巴，双眉微皱，两眼微闭。司机仿佛理解他的心情，把车开得不紧不慢。然而，并未减轻他的心烦，他的思绪一度绕回到两天前接到的那个来自一个偏僻山镇的长途电话……

"你是张厅长吗？找得我好苦呀，才知道你调到省里了，我挂了几次电话，总算接通了，你一定很忙吧？"那是一个嘶哑的女人声音。当时，他正听取市县教育部门汇报，是在休息的几分钟时间接电话的。他很无奈地催道："有什么事吗？……请直说。"

"张厅长，谢谢你，我们全家给你鞠躬，我家老张临终前还念着你。虽然他一生没取得什么成绩，更谈不上贡献，但你关心他，也是唯一关怀他的领导。老张临终前，嘱我一定要向你表示谢意，是你关心他，他才在病床熬了三年多……"凭声音听，那女人一定是哭了，但语气中又不无欣慰，仿佛是演员动情地背着一段准备好的台词，"我本想当面去谢你，但你已调到了省里，那么远的路，要花多少钱？"

他静静地听着，有点莫名其妙：这个人是谁？临终前还记着我？怎么毫无印象？但他毕竟是老成练达，绝不会嘲弄别人的悲伤，更不会说，我根本不认识你。休息时间过去了，但他还是耐心地听着，最后只是说："——你别悲伤，要注意身体，那些都是我应该做的"他究竟做了些什么呢？他自己也茫然了。

他原在一个少数民族县当县长，去年调任省文体厅副厅长。常言道，百年大计，教育为本，可眼下不少市县都在拖欠教师的工资呢！大多民族县适龄入学儿童入学率在大幅度下降。为了这事，他搞调查，跑请示，整整一个多月，他的工作日程安排得满满的。今天是周末了，他还得赶到一个边远民族县去，出席下午召开的一个现场会。

窗外，阿陀岭崎岖盘旋的公路，七拐八弯，傍着峭壁，依着悬崖，向山的深处伸去。小轿车小心而固执地前行，一会儿昂头冲上峰顶，一会儿垂下头驰进谷底。他凭窗望出，车正在深谷的边缘地拐弯，迷蒙的山岚气滚动着，朝前望去，明明是悬崖，没了路，正担心车驰向何方，路却蹦出来，连又爬上一盘山的脊梁。倏地，一道山梁斜横而出，挡住路面，司机急来个180°转向。他急忙抓住座位的扶把，心却在胸膛里晃荡。忽而，他的心头一热，他记起来了……

三年前，他还在民族县任职，一次赴省政府开会，车在这盘山路的陡坡抛锚了，是油泵阀阻住了，引擎器启不动，司机说要一时半刻才能修好。其时，正值仲夏，天气炎热，他只好下车了，路边不远处有一所小学，他便走去避暑乘凉。那所小学是县里最偏远的学校。他去时，有人告诉他，校长正患病卧在床上，也姓张，说是病根早发现了，但经济拮据，医药费没法落实。他听后便去看了，校长患的是肺癌，校长显然认识他，说在全县教育会议听过他的重要讲话。他安慰地说了几句，校长憔悴的脸上，爬上了几缕笑纹。好半晌，才从破旧的棉被里伸出鸡爪般的瘦手，握住他的手，显然却比他白皙的手有力得多。那时，他没有说，因为车出了毛病顺便来，而只是说来探望他，一刻钟过去，司机来催他，他便嘱司机拎来准备送给省有关领导的礼物。校长受宠若惊，十分激动，喉管顿了顿，却没有说出什么感谢的话，深陷的眼眸里却好亮好亮。

然而，他没有想到，他这一无意识的举动，竟然使一个生命垂危的病人在床上熬过来三年多……

他又记起了两天前的那个长途电话，自己简直是无功受谢。倏地，他眼前晃动着一双双熠熠期待的眼睛，顿然，一股无法诉说的情感充溢在他的胸膛……

前面又是一个险峻的陡坡，他相信车不会再抛锚了，会攀行上去的，一定会的。

守望

　　前年县上把柏油路也通进了村里，路好走了许多，但还是难得见到外边的人。村子里的人倒是拼了命地往外走。有时孩子们静下来在教室里写字，春燕就望着远处出山的坳口发呆，想象着丈夫在山外打工的生活。

　　晌午时分，春燕刚刚把孩子们送走，就见进城打工的丈夫领着一男一女回来了。男的四十来岁，细细高高的，头发留得很长，上身套了件有七八个口袋的马夹，脖子上挂了个照相机，镜头一摆一闪的。女的二十五六岁，白净高挑，细腰丰乳，跟画里下来的似的。丈夫指着那个男的说，这是大摄影师。春燕又看了那个姑娘一眼，摄影师马上说那是他请来的模特，她忙说快让客人进屋。

　　吃晚饭的时候，春燕听丈夫说，才知道他们是来山里采风拍片子要参加全国大赛的。摄影师对着女模特那张姣好的脸说，你得马上进入状态，开动你的脑子！明天就开拍！女模特打了个哈欠，忽然跑到摄影师身边，嘀咕了半天。摄影师点了点头，女模特就朝春燕走过来。

　　春燕不知她要干什么，笑吟吟地看着她。女模特说，嫂子，我有个创意，想扮个乡村教师，这些孩子当我的学生。春燕点点头，当然好啊。女模特接着说，我拍的片子叫"守望"。春燕有点不明白，什么叫"守望"？女模特说，明天你就知道了，你和你的学生只要配合就好。

　　次日是星期天，按照摄影师的吩咐，春燕让孩子们跟着她爬上大山的坳口处。她扭过头对孩子们的班长夏蚕说，这个阿姨现在是你们的老师，你们要听她的。女模特摸了摸夏蚕的脸，好孩子，你们要大胆想象，跟着阿姨入戏。夏蚕说，入戏？我们要唱戏吗？女模特说，不是的，是这样，阿姨从大城市来到你们这个偏远的小山村，教你们念书，跟你们建立了深厚的感情，现在，阿姨要走了，翻过这座大山，那边就是进城的路了。阿姨要走了，你们舍得吗？

夏蚕忽然笑了，走就走吧，你又不是不会走路。

孩子们也跟着笑了。

女模特脸色就变了，瞎起哄，怎么能这样说呢？阿姨要走了，你们应该很留恋，拉着我的手，眼里闪着泪花嘛。

夏蚕说，你又不是老师，我们是不会流泪的。

女模特一跺脚说，急死了，不知道这是在拍片子吗？这又不是真的，你们就不能假装一下吗？假装我就是你们的老师，假装你们很爱我。

夏蚕做了个鬼脸，扭着屁股走了走说，假装我是个模特。

孩子们又哄地笑了。春燕也想笑，又怕女模特不高兴，就忍住了。

摄影师急了，在山坳边走来走去的，忽然招招手把女模特叫过去，粗着嗓子说，你这是面对一些七八岁的孩子，他们不是大人，明白吗？你要学会引导，引导孩子们！女模特一甩手说，怎么引导，还怎么引导，这么野的孩子，我是没办法了。摄影师摇摇头，蹲下身对夏蚕他们说，你们很爱你们的老师吧？几个孩子点点头，这还用问吗？摄影师忽然说，可是你们的老师要离开了。夏蚕就急了，你骗人。

摄影师说，我没有骗你们，你们的老师太优秀了，教育局决定把她调到城里的学校去教书。今天，我就要把她领走了，你们舍得吗？

春燕没想到摄影师会这么说，她心里好像被揪了一下，好像真的要离开孩子们了。她忽然觉得自己根本离不开他们。开学那阵子，她还盼着有谁能顶替她，那样她就能把他们托付了。她甚至劝过一个刚刚高中毕业的姑娘，说她要进城给丈夫做饭去了，你有文化，你办个班吧。那姑娘说挣那么点钱，还不如开个小卖部呢。她有点失望，可想想也是，她不是也不想干了吗？自己都不愿干，还怎么能强求别人呢。现在，她却觉得再也丢不下他们了，只要有一个孩子在，她就得留下来。

老师，你不能走！夏蚕他们忽然哭出声来。

春燕伸出手，想把他们一个个都揽进怀里，可是，又觉得手臂太短太短了。她望着眼前浩浩莽莽的大山，山上曲里拐弯长着的山林，忍不住肩膀一颤一颤地抖动起来，她怎么舍得离开他们呢？

你们都别哭，老师不会走的。春燕说。

这时候，摄影师已飞快地按下了快门，咔咔嚓嚓拍了几下。

好极了！摄影师情不自禁地喊出声来。

后来，丈夫从城里捎回消息说，那帧名叫《守望》的照片获了大奖。

渔家来客

天刚早，福婶就在庭院里忙活了。她把堆在院墙脚散乱着的渔网、浮球、船绳一一整理齐整，将横七竖八躺在地上的鱼叉、竹篓和一些空酒瓶和破陶罐收拾归位，接下来把院子的角落旮旯打扫得洁洁净净。这时候，东边的海平线浮起了一抹鱼肚白，海天连接处便一丝一缕地亮起来，渔村渐渐地有了一点声音响动，昨夜退下去的潮汐扑上了岸，鸥鸟不知从哪里闹腾开来，伴着声声啼鸣，远远近近掩映在椰林深处的渔家便飘起了袅袅的炊烟。

男人兴旺也起来了，先刮过了胡须，腮边却留有一片青蓝；然后蹲在门槛上点一支烟，狠狠抽了几口，便起身找出一把磨亮的刀，到院外去。只见他两扑三棱爬上椰树去，啪啦啪啦甩下十来个椰子果。这椰子正当季，椰水津甜呢。院外吵吵嚷嚷走过同村人，肩挑着两篓海鲜，看架势是到墟场上去卖。看见兴旺摘椰子，浓亮的嗓门喊起来："天刚早，就这么勤快呀！"被问的是兴旺，福婶却在院子里答："城里的亲戚要来呢。"

其实，城里的亲戚是一门表亲，是福婶海那边娘家人，早年来海岛当过知青，已不来往多年了。昨天下晌，表亲把电话打到村长家里，让村长转告说，今天要过来坐坐询叙旧，大人小孩五六人吧。表亲要来自然让福婶喜欢，还说，难怪这阵子灶膛里火好旺，还真灵验是远客表亲要来呀。吃过晚饭，福婶还围在桌边议论怎样接待好表亲，因表亲一再交代要吃渔家菜，当然是靠山图猎，靠海吃鱼。外面的昂贵菜肴千万别买。一句话，有什么吃什么。至于鱼干海鲜怎样烧都议论了一番，夜深了才睡去。

炙热的太阳差不多挂到当顶的时候，一黑一蓝两辆光亮的轿车沿着海岸刚修建的水泥路开来，响了几声喇叭，便稳稳停在福婶家院外的空地上。车上下来了几个大人和小孩，都穿得光水新鲜的。福婶笑容可掬地迎出来，兴旺蹒跚挪不开步；那条大黄狗却不甘落后，晃着尾巴，把长长的舌头往来人的腿脚上舔，弄得城里的小孩哇哇惊叫。

院里一下子热闹起来。端凳让座，拿水倒茶，派发香烟，寒暄问询。兴旺劈了几个椰子，说："要在午前喝，要不水会变了。"孩子们却不拘生，同闻声而来的孩子玩在一块，城里的孩子掏出玩具教渔家的孩子玩，渔村孩子则在院外椰树上蹿上跳下，表演滑稽动作。灶膛里火烧起来，福婶一把锅铲舞蹈着，咣啷几声，稍一片刻，一盘香喷喷的南瓜子便端在客人围坐的茶凳上。

表亲喝过椰水，移步到院外，看着岸边扑过来的波涛，潮起潮落，望着海面上漂泊远去的白帆，不由感慨海边的起居生态，羡慕渔村宁静的生活，对着兴旺说："这里给我留块地，日后我造个屋，搬到这里过晚年。"同行的人也附和着："是啊是啊，这个想法好。"兴旺抽着烟，罩在雾气里，嘴里应承着，心里却笑表亲做人真傻哩。

　　福婶在伙房忙碌着，却不时将目光瞟向院外，见着表亲与兴旺似乎话题不搭之意，便大声召唤儿子春狗，让他带城里孩子去海边玩，到那里的礁石缝掏蟹、捞虾、捡卵石。正好这时村长蹭过来了，讨到烟抽，话一多，他带表亲去看渔村刚建起的冰库。冰库建起来后，渔村从海上捕捞海产品就不再怕腐臭。海鲜搁进冰库就好比产品还在鲜活地生长。

　　等到表亲略带疲惫从冰库回来，孩子们在海边玩湿了衣服，也进了院门。这时锅盆里冒腾的烧炖清香和墙边炭火烧烤螺贝的鲜气，简直让人唾液潜流，食欲顿生。福婶从伙房出来，拍打着围巾，喊了声：围上吧，开饭了！

　　按照表亲的要求，餐桌上的菜肴都是自家种养的，烧法也按福婶惯用的土法烧制，有：白切文昌鸡，蒜茸蒸龙虾，红焖青石班，笋干炒虾米，姜煮石头蟹，炒煨小黄瓜，海螺冬瓜汤。酒是三椰春酒，是过年时候福婶兴旺买的，结了一层厚厚喷香的锅巴。总之，一顿饭吃得皆大欢喜，大人面红耳赤，小孩嘴油肚圆。

　　黄昏降临，太阳往西边斜去，夜幕渐渐落下来。表亲坚辞福婶留住一宿的恳求，说今天大大小小已快活够了，见好就收，留待下回吧；我还说要在这里造房，住个晚年。福婶叹了口气，说海边留不住城里亲呀，但也不再挽留，转个屁股就爬到房顶上，拎下白天翻晒的鱿鱼虾米，鼓囊一大包硬往表亲车里塞，表亲客客气气却不见拒绝。

　　白色的车灯刺破渔村夜的黑幕，远远近近的狗狂吠起来，伴随车的远去。渔村恢复了平静。福婶仍旧在忙，她把院里院外一整天丢来抛去的垃圾收拢起来，倒在院外的垃圾池里。兴旺蹲在门槛边抽着表亲留赠的香烟，烟雾飘然，被呛得咳嗽了一阵，脸上却漾出缕缕快意。他记着年前对门的吴强家来过一辆城里的拖货的皮卡车，村长过来凑手打了一局麻将，输赢却写在脸上，吴强还神气了一个月哩。

　　这表亲下次还来呢，该不会让人等得太久吧。兴旺心里这么想。

第六辑
棋逢对手
XIARILIDEZUIHOU
YITANGBANCHE

酸豆

　　小丫没有想到自己的作文《酸豆》会被丁老师评为优秀，还让她晚自修时间去谈体会。小丫徘徊在去丁老师家的路上，她思量着，见了丁老师该怎样说呢？

　　小丫是春天开学的时候跟随父亲在小城打工转学来的，插班在城南小学四年级读书。班主任就是语文科任姓丁的女老师。

　　丁老师温柔活跃，性情乖巧，经常结合课程安排一些课外活动，形式内容多样，很讨同学的喜欢，每次上课总是穿戴得体，把眉目描得清秀可人，小丫心里好喜欢也好羡慕。

　　一次课外活动做游戏，小丫忍不住也仿着丁老师的眉样描了眉目，没想到丁老师竟冲着她说："好的不学，尽学坏的。"小丫心里好困惑也好委屈，坏的你都画，还说人家学。转就，小丫心里就认定，自己并不讨丁老师好感。

　　上个星期天，丁老师组织一次郊游活动，小丫本来打算去参加，但父亲打工的那家砖窑厂赶班，父亲嘱她去帮工，她就不好推辞，要推辞，父亲会认为她偷懒找借口。再说参加郊游活动属自愿参加，要参加就得让父亲拿钱。

　　事后，听参加郊游的同学说，丁老师领着同学们去参观了一家农场果园，农场老板种植了好大规模的酸豆林，眼下正是酸豆成熟收获的季节。酸豆是一种可炼制多种珍贵名药的配方，直接食用也可滋补身体。农场主很爽快，参加郊游的同学都吃上了酸豆。

小丫没吃上酸豆并不后悔，她遗憾的是丁老师在组织郊游后布置了一篇题为《酸豆》的作文。

放学回家的路要经过一个杂闹的市场，小丫每天总是匆匆走过，心里想着的总是回家去帮父亲干些家务活。纵然街边的小摊总是使劲地喊着"酸豆，酸豆，生鲜上好的酸豆"，但她知道父亲打工手头紧，买不起酸豆，就连看也懒得一看。可自从丁老师布置了作文题，她从街上过，总不由得往小摊贩望去，哟，那绿澄澄的酸豆多诱人呀，听说那要20多元一斤，一斤也就十个八颗，一颗也要好几元。

临近交作文的日子，小丫终于缠着父亲嚷："我……想吃酸豆，同学们……都吃过。"父亲却嚷道："才出来多少日子，就像城里的孩子……口馋！"父亲不再理会她的要求，却叹了一口气。

小丫好后悔，她原本就不指望父亲会应允，乡下的母亲还缠病卧床呢。但作文还是要写，还是要依时完成，按时交。丁老师布置作文时，就罗列了写作提纲，要求写出对酸豆的感受，着重写品尝酸豆时的联想。一连数日，小丫为着写酸豆作文心情兴奋不起来，渐渐地，她心底里对丁老师有了一种生分的感觉。

直到了交作文的前夜，父亲已睡下了，小丫在灯下凭着灵感发挥想象，时过子夜时分才写完了作文。交作文后的几天间，她觉得丁老师和同学们都以异样的目光盯着她，她像丢了魂，做了什么亏心事。

今天早晌，又是作文课，丁老师开始讲解作文时，小丫低着头，不敢看黑板，没想到，她简直就不相信，丁老师宣布优秀作文名单，她——李小丫竟名列前茅，刹那间，她还认为丁老师在挖苦她。丁老师还说，她写的《酸豆》角度别致，结构严谨，联想丰富，是一篇难得的优秀作文，还将推荐参加省内小学生作文大奖赛，让她晚自修时间去谈心得体会。按惯例，参加大赛作文要附有写作体会。

面对丁老师，她该怎样说呢？小丫来不及考虑周详就走进了丁老师的家里。

丁老师见到她，热情地招呼进屋。小丫刚坐下就看到丁老师客厅茶几上的果盘里还盛着几颗诱人的酸豆，她心里不由一阵茫然。

丁老师似乎很好奇："小丫，你怎么会品尝出酸豆别具的风味，写得那样别致？"

小丫低下头，悄声说："老师，我……我没吃过酸豆。"好像是说给自己听的。

丁老师一怔，稍一疑虑，从果盘里拿起一颗酸豆递给她。小丫迟疑地接过，抬头盯着老师，丁老师期待地示意她品尝，小丫迅速地剥皮，将豆果送进嘴里，抿了抿，她眼眸里浮起亮光，悠地，"哇——"地失声哭了。

酸豆一点儿都不酸。

今生盛宴

许有恒老师总觉得像是进了别人的家。

他昨天出差回来，客厅里陌生的摆设就让他以为走错了门。但犹迟之际，他终于认得书房门楣上"不夜斋"三个字。那可是他挥毫而书的。这些年来，他总是以拥有独自的书房而自豪。他认定，在安静的环境即使操守枯燥的学问，也足使人乐此不疲。

这次外出参加为期一月的教学交流，回来是要提交交流报告的。可今天一早，他就枯坐在书房里，铺开洁白的信笺，而思绪却一度被客厅里的摆设所缠惑：原先墙壁上是他所书的唐诗宋词条幅被一台34寸液晶电视所代替；陪伴他多年的三张老式藤椅也被崭新华丽的布艺沙发所换掉；明亮的钢化茶几上放置着一只紫砂壶，衬着六只攀龙附凤的茶杯，营造出一种典雅别致的氛围。而这种奢华宽绰的摆设，他事先只能在电视广告里见到，可这要用去多少钱？这与他一个教书匠应该是远远无缘的。

他想起了儿子许青路。难道是他的汽车修理行赚了钱？儿子自小天资聪颖，当年以高分考进华东师大，他曾引以为荣，赢得尊重。然而，儿子只在讲坛站了三年，就闹着转行，他劝阻过，可儿子转行不成，竟辞职下海去开了间汽车修理行。他差点气晕过去，悲叹家门不幸，他曾对着儿子说，你少让我见到你，见着你我会血压升高。而儿子却倔强地说，只要对职业忠诚，行行出状元。三年过去了，他确实很少见到儿子，也许是他常年外出采购配件，或者是早出晚归，生怕惹他心烦气躁。后来是老伴对他说了儿子下海的缘由：儿子的女朋友只来家玩过一回，便以家徒四壁为由分了手。他听后说，如此那般并不值得留恋。而这次他外出参加教学交流，只一个月时间，儿子竟把整个家改造了。前些年，他一家人住进这套房时，还欠了银行贷款呢？

一个上午的时光很快就过去了。他叹了一口气，顿觉饥肠辘辘。他提醒自己，文思枯竭时别硬着头皮写，待午睡之后重理头绪。可吃过午饭，他毫无睡意。这可是多年来所没有过的。是卧室里有了很多改变吗？床上垫着席梦思，有些柔软，让他有些不习惯了。挨墙竖起了大立柜，放着他和老伴的衣服还绰绰有余。特别是那个精巧的梳妆台触动了他，那是老伴多年催他买而没落实的。忽然，他浮起一个怪念头，去看看儿子的卧室。

推开儿子卧室虚掩的门，他眼前一亮，又一个崭新组合立柜，显然比他卧室里的大且显气派。最扎眼的是卧室墙里居然有一个书柜，而且摆满了书。有几套书是他多次流连书市而最终望着书价叹气没有买下的。此刻，他忽然觉得如获至宝。多年的积习让他对书情有独钟，而且认为，只要有书，就可以是不食人间烟火的人生盛宴。

直到下晌四点，老伴回来了，他才惊惶地从儿子的卧室出来："你，你怎么这时候回来了？"

"今晚家里来客人，我回来准备晚饭。"老伴的嘴唇一挑，似乎有喜事。

"谁？谁来呀？"他关切。

老伴眉头一扬，郑重其事："我必须事先说好，今晚儿子的女朋友小杨要来，主要是想见你，你要有个好脸色，否则，我与你没完！"

老伴这么一说，他知道儿子的女朋友不止来过，还似乎同老伴有亲情了，他问："那小杨是干什么职业的？"老伴却没正面回答，只说："来了就知道，你或许会满意的。"

他回到书房，开始潜心翻阅教学交流资料，直到儿子和女朋友小杨来敲门，他才抬起头来：儿子西装革履，很豪帅；小杨有些文弱，却很显秀气。

寒暄过后，他和儿子来到客厅。他头一回坐在布艺沙发上，臀部往下沉，可他感到舒坦。小杨进厨房帮忙去了。儿子欲言又止，终于说："这些年，我想了很多，一个国家如果没有一批甘于寂寞而潜心学问的……或许这个民族就缺乏信心和希望。我虽然离开了讲坛，但我并没有辜负你……"

"其实，我并没有强求你干什么或不干什么。"话一出口，他竟一时不明白自己为何那样对儿子说。"小杨是研究生，读历史专业，非师范类，她应聘在市一中，她说，她听过你的课，还说你的声音能让每一个学子听后总是精神抖擞。"儿子的话锋健谈起来，于是，父子俩谈起了卧室书柜里那套他经年渴求的书，言谈间听得见厨房里勺和锅撞击的声音，随后有很浓的香气弥漫开来，他仿佛又一次享受齿唇留香的阅读盛宴。

晚饭时，老伴显得很高兴。儿子和小杨敬了他几杯酒，平日里他可是滴酒不沾的。他只觉得滚烫炽烈的酒，滑过喉咙，又痛快又难受。

他终于觉得在自己的家里彻底地醉倒了。

棋逢对手

1874年5月，左宗棠年过六旬高龄，仍被朝廷任命为钦差大臣，督办新疆军务。

出征新疆途经兰州城，适逢天泻暴雨，路途险恶，只得暂时扎营。左宗棠喜好对弈，平日闲暇之时必找人对弈一番，其棋风泼辣细密，行棋大胆果断，与同僚中人对弈胜多负少，对自己的棋艺颇为自负。帐中劳顿之余，左宗棠闲来技痒，乃命亲信去城里物色棋坛好手，以礼相邀到大营对弈遣兴。

只消片刻，便有帐下亲信回营禀报：兰州城北有一名头发花白老翁，自命不凡，高悬一条写着"天下第一棋手"长幌，并在一家客栈摆下阵势，恭候弈客。左宗棠在慵倦中听罢，精神为之一振，威严的眼眸闪动光芒，不顾左右劝阻，微服直赴客栈而去。

进了客栈旅馆，左宗棠施礼完毕，但见白发老翁精神矍铄。刚一落座，他匆匆执红军先行，起手就架起当头炮，老翁跟入飞马迎阵，开启了首局之战。

两人对弈十余回合，左宗棠抓住白发老翁险走恶手之机，全线压赴，攻势如潮，白发老翁左支右绌，见大势已去，垂手败阵。高手对弈，胜者常有复盘习惯，白发老翁拘礼，左宗棠当仁不让，评鉴说："孙子曰：多算胜，少算不胜，而你一步不慎，乃处处被动，败棋之因实基于此。"

第二局，左宗棠依然主动进攻，炮轰马踏，双车左右策应，红兵步步为营，白发老翁周旋招架，往来五十余回合，无奈再败。左宗棠再度鉴述："《曹刿论战》曰：夫战，勇气也。一鼓作气，再而衰，三而竭。分战，你弃攻专守，气势先输，焉得不败？"

第三局，局势僵持，一度不下。左宗棠调集主力于右，弃卒入势，以破竹之势劈开战局，继而前仆后继，造势一气呵成，直捣黄龙。左宗棠最后笑评："高手谋势不谋子。先哲有言：不谋万世者，不足谋一时；不谋全局者，不足谋一域。高屋建瓴，登泰山而小天下，方不愧男儿本色。"

临了，左宗棠指着门外长幌说："棋艺不过如此，你摘下它吧。"白发老翁双手作辑说："久仰将军大名，早已如雷贯耳，今日得见，备感荣幸。今乃老当益壮，花甲之年犹率军出征，收复国土，心志可昭日月。三局对弈完胜，足见将军用兵神妙。老某自愧不如，不敢狂妄！恭祝挥师入疆，凯旋而归。"

左宗棠待见白发老翁依言摘下长幌，遂带亲信回营，当夜拔帐出征。

转眼，半年过去。左宗棠出征大获全胜，收服新疆。凯旋回京，又经兰州城停顿，正待差人去恭请白发老翁，却听帐下亲信又报：原先对弈三局皆输的白发老翁仍在客栈高悬"天下第一棋手"长幌，摆出不可一世阵势，招摇过市，坐待弈客。左宗棠听罢极为不快，白发老翁怎可出尔反尔，愿赌却不服输？于是命亲信请来老翁，免去礼节，双方再度布阵交战.

首一局，白发老翁躬礼执黑队后行，却见守得滴水不漏，使左宗棠无从下手；且继而也攻得中规中矩，丝毫不露破绽，始终主动，凭借多卒优势进入残局，左宗棠见大势已去，遂推盘认输，以求再战。

第二局，左宗棠挥军猛攻，白发老翁却柔中克刚化解劣势；左宗棠猛攻之际忽视后方空当，又被白发老翁抓住战机，奇袭踏平大营。

第三局，左宗棠飞相取稳，守反戈之势，白发老翁则架中吊炮，巧取攻势；双方在平稳对弈中渐进酣局。不料，左宗棠取胜心切中了白发老翁诱敌之计，便做决战决胜之斗。于是棋盘上战火四起，双方兵来将往，二十余回合后，白发老翁损失惨重而左宗棠则伤亡殆尽，最后大营无兵可守，被白发老翁伺机攻克。

左宗棠连失三局，疑惑不解，却见白发老翁童颜鹤发，气势压人，问："时隔六月，棋艺飞跃神速！真乃奇迹？！"白发老翁从容不迫，说："前番将军初到边地，故连负三局，乃敬将军为人，且为将军出师造势，平添锐气！同次小胜，无非为左公奉献棋艺而已。棋乃娱乐之雕虫小技，虽胜何足道哉。将军长于下大棋，半年下来收复新疆失地，光照日月，岂不是下完了光照青史的好棋呀！"

左宗棠听罢，脸带愧色，感叹不已，说："棋逢对手呀，你不止长于下棋，谋略过人，连老夫的国家大事，也成你眼里的一局棋了。"顿悟棋中哲理，揖手拱谢，不由仰天长叹：此乃天下第一棋手！

始料未及

梁生当初将县领导的电话号码输进自己手机时，想到的只是为了不错过某种难得的机遇，甚至对机遇还充满了愉悦的期待，压根就没想过这些电话号码会带来什么烦恼的事。

梁生在县建设局当办公室副主任。主任半年前提任了单位副职领导，有很多人都盯着这空缺的位置。办公室主任这角色虽不是单位领导成员，却很多时候比副职领导还有实权。半年来，他主持工作，总是不辞辛劳，忙得不亦乐乎，每天光接打电话就要换两块电池。后来，为了避免疲于忙碌，他把必须接的、可接可不接的、完全可以不接的电话号码分类存进手机。手机响了，见是可以不接的电话，干脆就任它叫唤去。特别是来电是陌生的号码，就不再搭理它。

可有一天他去开会，入场时，有人拍他左肩，回头一看，竟是组织部的蒙副部长，部长说，梁主任，大忙人啊，连我的电话都没空接？他心一跳，赶紧说，都是瞎忙，部长才忙呢！部长打过我电话，我不知道？部长笑道，打你办公室你不在，打你手机你不接，我就知道你太忙了。或者说你手机没存我的号码，我与你也没关系嘛。我本想请你关照下朋友，不过现在不用了，他前两天调走了。从那时起，他才懊恼，陌生号码来电一概不接是个大错误。他托人找来县领导的电话号码，全部输进手机。这就不会错过任何机会，只是很长时间，他并没有等到一个领导打他的手机，反而遭遇上烦恼事。

他去参加同学聚会。闲聊时，有个同学借用他的手机，无意翻看电话簿菜单，就脱口说，好哇，你好厉害，连大老板的手机你都有？接着就将手机里储存的名单念了起来，全是有头有脸的县领导啊，惊得一帮同学一个个朝着他瞪眼，说，真是深藏不露，这么深刻的背景，从来都不吭一声。他怕解释不清，只好不置可否。

他没有想到的是，第二天就有一个同学找到他家来了，提了厚重的礼物，请他帮忙联系分管国土的副县长。同学正在筹划征用一块不大不小的土地，国土局那头已经攻下关来，但没有分管县长的签字，就绕不过规划那个弯。现在就看梁生的力度了。

这时候，他才知道自己手机里的县领导号码引来麻烦了。他只好说，我其实并不认识那副县长。同学说，你手机里有他的电话，怎会不认识？他又说，那只是以备县领导打来电话好应对。同学听后，哈了一声，说，你还没当官，就耍滑头，这些年，我可是没找过你帮忙？这头一回求你就这对付老同学？可他自己无论如何都不会去找那副县长，便拉下脸说，反正这事我帮不了。同学一甩脸走了，礼物留下了。他一横下心就把手机里的县领导号码删掉了。

然而，把电话号码删掉，不等于烦恼的事情就解决了。

过了两天，那同学又来了，换了招式，往他办公室的沙发上一坐，说，你不帮忙，我就不走了。他说，你坐在这里不妥。同学说，怎样不妥？你就当我是搁在沙发上的物件。纵然如此，他还是不能打这个电话，他实在跟那位副县长没有任何交往。半天下来，他被缠得吃不消了，跟同学说，他上洗手间，就溜出去了。他溜出去好一刻没能理出个头绪来，只得再硬着头皮回办公室。哪曾想到，同学说，刚才我拿你的手机打给县长了，县长叫我等通知。他急得跳了起来，说，你跟县长怎么说的？同学说，我说，我是建设局梁生，有个亲戚，有重要工作想当面向您汇报。县长就说了，他让秘书安排，尽快答复。话音未落，他的手机响了，竟然是副县长秘书打的，说，明天下午四点，县长约你。他却很无奈，还说了声谢谢。

下班刚进门，他的手机又响了，是那同学打来的。他气疯了，说，喊个魂。还想再冲他吼，那同学却抢先道，明天不用麻烦你了，但不等于永远不麻烦。又告诉他，刚接到可靠内情，全省征地暂停，县长也没权，都收到省里了。他愣了半天，竟笑了起来，说，这算什么事，县长已安排了，难道要我说不去了？那同学笑道，那你另外找个事去吧。梁生真的生气了，说，你以后别再来找我。那同学仍然笑，说，那可不行，以后还要靠你的。

同学挂了电话，他翻看手机，搜到下晌县长秘书的号码，就拨过去，那边接得快，秘书记性真好，说，是梁主任吧，我正想通知你，明天下午约见取消了，县长要赴省里开会。他如释重负，支吾了一下，才说，有时间的话——电话里秘书立刻有习惯性反应，说，不用客气。他知道秘书误认是要给他送礼，又听到秘书说，你的事，我一定会办的。

他听着无语，心情骤然沉重起来。

拯救

　　下班的时候，阿炳打来电话说，让我到他的城南音像店去一下。

　　我犹疑了，从我这到他的城南音像店几乎绕城大半，下班这当儿车流人河，我蹬自行车就得大半小时呢。我说，有什么事就在电话里说吧。

　　阿炳没有多说什么，只说来一下就知道了。随即，他挂了电话，他那口气仿佛有什么非见面就不好说或不能说的。

　　我了解他的执拗，知道与他再说也不会有变，只好骑自行车绕道城郊向着城南蹬去。

　　我和阿炳认识是在朋友的饭局上。宴席间，他几乎不动声息，比我的话还少。待到大伙耍起酒疯互敬，他仍是最好的听众。有好事者欺我不胜酒力，企图借势灌醉我，吵嚷之间，他竟横身夺过我的酒杯往他嘴里倒。这让我一下子就记住了他。

　　那晚，阿炳送我回家，到了我楼下，有个孕妇跪在街边，面前摊着一张白纸，写着歪歪扭扭的字，不用看也能猜出大概内容。我竟发现阿炳搀扶着我时，不忘掏出一张五元钱丢在纸上。

　　没想到，我绕道城郊走，路上人流并不见稀疏，或者是人们都觉得城郊小道通畅，结果都转向绕来，硬是把一条本不宽敞的小路挤窄小了。丁字路口处，那堵高高围墙后破败的院落，就是阿炳曾经上班的地方。阿炳告诉过我，他是参加工作三年后听人鼓动下海去的，却什么也没捞着，如今上岸来在城南好不容易租个小铺面开一家音像店，经营着老碟，新碟更新也快，可就是赚利很薄，刚能抵上养家糊口。但阿炳乐在其中，按他的话说，别看音像门脸小，声乐世界大着呢，在国外去见部长或见总统，你可以穿便装，但要进歌院要着正装或礼服；其实人的身上都有一扇音乐之门，只不过是你不知道，更不知道它会何时打开。我和他一来二往混熟后，不时就相邀小聚，大多是到郊外农家菜馆去。那里有几样应时的菜式，比如，葱拌毛虾、干煸溪螺，还有酱焖鳗鱼等。阿炳酒量并不见好，独独喜欢三春椰酒，喝到醉眼蒙眬时，便学着电视里的广告词，戏说你好我也好。由此我常常想起，认识他的那个宴席上他为我挡酒，心里便陡增些许敬意。

城郊的街边车水马龙，三教九流夹杂其中，前方出现了一个沿街讨乞的老汉。记不清多少次了，我和阿炳曾经也走在城里街边，见到乞丐或残疾人，他总是像准备好的悄然丢下三五元钱。我说，那些都是装出来的。年上就有电视台采访一位孕妇，结果她拔腿就跑，原来肚子是垫起来的。他听了未置可否，只是笑笑。我知道他未必相信我的话，或者就不打算相信。有一次，我明知不能说服他，却还是说："你就图个心安？"他却说："不是心安不安，只要他们高兴，这付出也是我能承受的。"

也许这只是缘起，后来一件窝囊透顶的事，弄得我的心情很不平静，想必阿炳的心情也不会平静。

那是朋友的朋友转折介绍朋友的朋友——反正隔了好几层关系——从贵州大山里赶来，办了一个小型慈善讲座。主讲人林山似乎没有抖落从远山而来的疲惫，给我们看了九幅富有感染力的照片：木板钉成的墙壁、渴求的瘦眼、龟裂的手指，等等。林山的演说神形兼备、声泪俱下，诉求贵州远山深谷里教育亟待拯救，其召唤力穿透和震撼了在场所有的人。现场募捐时，我掏了600元，阿炳捐了2000元。我知道那是他准备进货的筹资。那时，他的音像店几乎没有进账。

事后一个月，阿炳似乎还没有从贵州大山的世界走出来；他说，如果可能，真想去贵州支教，哪怕是一个月。于是我设法联系朋友的朋友，可是林山似乎从人间蒸发了，倒是打听到在场41人捐了16.4万元。

朋友的朋友找到朋友，只说是林山的手机关了；他们也只是在一家网站上认识林山的。我特意上了那个网站，林山在网站贴了很多图片，包括演讲现场见到的那些照片；林山还在网站贴了很多帖子，呼吁社会关注贵州大山里的孩子。林山失踪后，网站上的资料也就停止了更新。种种情况表明：我们受骗了。但阿炳并未失落，他始终相信他固执的直觉：林山深邃的眼眸里燃烧着诚意……

一年过去，我和阿炳仍在朋友间互相招呼，在往来的聚会时提携小酌，但我心里不觉间起了生分之念，害怕他会提起因为我的冒失而引致的尴尬后果。渐渐地，我甚至觉得他每一次对我的笑意都意味深长。好在阿炳像没有发生任何事一样，对捐助贵州大山的事只字不提。不时，我和他还是相约到郊外农家菜馆去，依旧是点几样应时小菜，外加一锅沸汤，酒还是熟识的三春椰酒，却就是未见他再沉郁醉过。上个星期的那个周末，阿炳外埠的朋友来了，我还应邀到城郊农家菜馆去赴宴。今天是周四，他打来电话非让我去找他，究竟有什么事不能电话里说呢。

远远地，我听到从阿炳的音像店里飘出来天籁的旋律，正待待在街边沐浴一番；不想，阿炳从店里出来了，不容我迟疑，催我进屋。

屋里不大的空间，摆了一张扁形饭桌，放着一瓶贵州醇白酒，还有外买的几样小菜，却摆了三个座位。我机警地问："还有谁？"

只见阿炳抖出一张发皱的都市报，神情有些异样，他说："还记得吗？那位贵州大山来的林山，他，他没有骗我们，他是回贵州途中遭遇不测的……好在那个无意伤害他的人发现了那些钱（捐款）的来路……最终那些钱用在了山区小学的建设上……"

那晚，我和阿炳都显得相当海量，却还是喝得酩酊烂醉；那晚，我和阿炳畅游在音响声乐搏击的潮浪里，我只记得阿炳的眼眸里好亮好亮。

永远的零售小摊

黄老师早离去多年，在我的印象中最深的是他的家门前曾撑起一爿简陋的零售小摊。其实，那是他的家不幸被盗贼偷劫后的事。

据我所知，他当我们毕业班语文课任教老师那年，已在小镇中学当了三十八年的孩子王。我常常苦于文言文中的某些一字多义，就寻到他家里去。他家的摆设简朴、典雅。用旧时黑盐木制作的仿古太师椅四大件，多少遗漾着一种古色古香的气氛。然而，福祸旦夕间，谁也没有想到，他偕同师母趁着五一节的两天假日，赶赴省城探看就读师院的女儿去了，只一夜未归，家里就全被盗贼搅乱了。

至今，我仍然记得他携着师母回到学校知悉家里被偷盗时的神情：老花眼镜后，他两只灼灼的眼睛闪了闪，嘴巴还喃喃地反问："是真的？"而后，进屋去，又踅出来，对着围看的人说，"没什么，没什么，书没被偷就好！"

大致一周以后，他在家门前撑起了一爿零售小摊。后来才听他说，他在学校图书室读到朱士奇写的一篇名为《神奇的绳子》的微型小说，写的是一对大学教授夫妇家里被洗盗了，警察交给他们一条绳子，节日去街上照看自行车，只一天就换回被偷去的损失。因此，他受到启发，以两条木棒交叉钉紧，铺钉一个面积两平方米左右大的豆腐布，用竹竿顶着，就撑起了一爿零售小摊，让清居寡淡的师母去料理，指望日子能够有所好转。

小摊摆卖着各式各样的点心、糖果、瓜子等。我们毕业班总是鼓励不论高年级还是低年级的同学都蜂拥去买，并常常说，他摆卖的瓜子比其他小摊摆卖的多出一种奇特的香味。师母那皱着多日的眉脸总算舒展了许多。据说，小摊每天赚的钱比他的日均工资还高出三倍多。他总是摇着头笑。

然而，他的零售小摊摆不到一个月就消失了。缘起那个夜自修……

那个晚上，由于班委会的默许，同学们（包括我）都在漫不经心地嗑瓜子。但按规定，上课时间是不能吃东西的。他的忽然到来，使我们措手不及……

他进来，嗑瓜子的声音才零星地散淡下去。他紧紧地盯着我，半晌，他扶了扶老花眼镜，轮看着每个同学的脸，说："你们从什么时候起，上课时间也嗑起瓜子了？"我心中正打鼓，猜想他已一定听到别个班级的议论，或者是他已明白我们为他零售小摊的销路纵然白天嗑不完天天也要买瓜子的秘密。

我们谁也来不及考虑周详应酬他的问话，不少人低下头去，我静静地望着他背着手来回地踱了几步，再没有多说什么就出去了。

次日，他家的零售小摊便消失了。

第一节课就是语文。他来了，那神色是多日来从未有过的轻松。

他挺挺地站在讲台上，望着端坐着鸦雀无声的同学们，像讲述别人的事一样，说："谁允许上课时间吃东西了，这在学校影响多不好，难道就因为老师、因为我的家被盗？……要记着，世界上任何东西都可以被盗，但学到的知识，是永远也盗不走的……你们快毕业了，要多学些知识……"

同学们深深地记下了他的话，也记下了他的过早就消失的那一爿零售小摊……

夏日里的最后一趟班车

　　夏日的黄昏，西斜的日头仍不肯减缓炽烈灼人的威力，贪婪地俯视着金黄的田野。

　　李茂老师的粗布汗衫已被汗水湿透，贴在他单薄的身上，裤袋里那只借来的小灵通又响起信息铃声，他真想停下手中的稻镰，直起身子歇息一会儿，看看小灵通里传来的是什么信息。

　　其实，他知道，小灵通里一定是城里打工的朋友发来了有关民办教师转正的讯息。他读完高中，就在小学当代课老师，八年后转为民办教师。山里人简称民师。二十多年过去，其间每隔三年，县里都组织人员来山里小学听课，考察民师教学质量，优中选优，推荐转正。尽管每次他都被推荐填写申请表，可最后批下来的却是别人。听说，今年是民师转正最后一趟了，小学里也仅存他一个名额，赶不上这一趟班车，就别想再找到座位了。但是，他身后"嚓嚓"的割稻声追了上来，妻子在后面说："天快晚了，勤快些，割完这一丘，明天就不至于累得晚，明晚你还可以赶回学校去。"

　　他顾不得腰酸腿痛，掏出小灵通匆匆看过信息内容一眼，知道是明天县教育局就敲定民办转正名单，朋友说他凭硬件是最有希望的。他心中不由得掠过一阵喜悦，加快了收割的速度。

　　这时，隔河那边的田野传来一个男人的喊声："收工吧，别累坏了身子，明天再割，我再请几个小工，一日割完。"喊话的是王详堂。他在小学当教师没几年，就称病转行，后又开商店。如今手头松了，每逢收割季节，总是从城里请人来帮妻子的忙。

他生怕妻子听后生出埋怨，妻子却真的甩过话来："你看人家王详堂，早下海经商，农家活都不用自己忙，你总是离不开学校，离不开那些孩子，熬了这么多年，民师总不能转正，这次，如不能转正，你就乖乖回来帮我干活！"

他为缓和气氛，陪着笑脸说："你说离开学校，离开孩子，我还能干什么呢？人各有志嘛！都说我这回一定会民师转正。"

"你离不开学校，都说学校放农忙假，可你班上李记那帮学生，也不见得来帮你一把？"妻子唠叨着挖苦他，不给他反驳回旋的余地。"你，你怎么能这样说。"他好像受了侮辱，陡生怒气，可看到妻子劳累而黑瘦的身段，看到前面待割的那片田野，心一软，愤懑又咽下去了。

回到家里，天已黑透。他掏出小灵通再看信息内容，其实在田头时他已不止一次看过城里朋友发来的信息：最后一趟民师转正明天就可确定，但竞争非常剧烈，尚可能，今晚进城来疏通关系，以防万一。后面还有一个信息说，疏通关系不是拜访一人，因为是集体讨论，需要打点每一个参会讨论者。他曾在梦里，追赶着一辆慢吞吞的班车，自己终于挤了上去，可他不敢对妻子吭一声。

吃过饭，他给城里打工的朋友回了信息：听天由命吧，吉人自有天相。倒是妻子对他说："听说，你班上李记他们家已收割完了，你是他们的老师，你去请他们，要是他们肯来帮忙，明天一个上午就可割完。"他听后犹豫了：李记他们是毕业班学生，平日功课紧，放假又帮家里忙，好不容易休整一下，怎可又烦扰他们？但一想到妻子明天又要在烈日下蒸烤一天，而季节也不等人，他便硬着头皮走出家门。

刚走近李记家，未进门就听见屋里王详堂的嗓门："明天，你让孩子们来帮我，有酒有肉，一天每人20元。"下面的话他没听完就拔腿回家。

次日，天刚蒙蒙亮。李茂和妻子拖着疲惫来到了田头，却见薄雾中十多个人头在稻穗中起伏，他走上去问："李记，你们怎么来了？王老师不是请你们了吗？……"孩子们七嘴八舌地回答："我们不稀罕他的钱，我们在放假时早约定，等家里收割完就一起过来帮……"

妻子显然被孩子们的言语所感动，她对李茂说："你招呼孩子们收割，我回头张罗饭菜，你们师生今日叙叙情。"孩子们却婉拒了，李茂似乎很生气，说："你们瞧不起老师了，老师再穷，也请得起一顿饭。"没想到，李记颤抖着声音说："我们不嫌老师穷，要是你像王详堂一样去经商，也早富了，但谁来教我们呀？……"他听罢竟一时语无伦次，滚热的东西在眼窝里打转，心想，这回如果民师转正了，他会潜心一辈子陪伴山里的孩子。

正午时分，夏日里的稻子终于割完了，李茂的心里就像丰收收获般的沉甸，他同孩子们约好明天就回学校去。等孩子走远，他裤袋里的小灵通又鸣响了，是城里的朋友拨来的，告诉他：最后一次民办转正名单已确定，可惜他落选了。本来会议上对他是有争论的，都说像他这样的条件，早些年就应该转正了。而现在，他的年龄早过了规定年限……

他听着愣住了，这让他怎么对妻子和孩子们去说呢？朋友在电话那头还在说："最大的遗憾是，这一次没能转正的民师，将被清理，离开教师队伍……"他听不清后面的话，脑海里却浮现出一个恍惚的画面：一辆破旧的班车从他身边呼啸而过，他手里却攥着一张皱巴巴的过期车票……

残月

常年漂泊在外，但每一年，他都回到家乡。

刚进门，母亲就说：

"早晌，村支书托人捎来口信，说是明儿午晌到他家去围聚。"还说，村支书前阵子就一直打探他的归期。

他不置可否地笑笑。他知道，那是上年为修建进村前的那段泥泞路，他掏了一万元。那时，村支书就嚷道，待到修好路，一定要好好宴请他。

吃过晚饭，母亲又说："你抽个空，去探看一下陆老师，你还记着他吧。"

"好。"他应了声，脑海里浮现出一个身板瘦弱却精神矍铄的小老头。

"小时候读书，他可为你操了不少心。"母亲继续说，"你进城去读中学了，他还总是以你为榜样，教育小孩……还有你去海那边读大学时，你打信回来催钱，你爹捏不出，就奔他去借……"他不知道，母亲何时变得这样唠叨了。

他随口问："陆老师现在还在村小学？"

"唉，早不了，都好几年啦！当了二十多年民办的，上头说不干就不让干了。去年修村前那条泥泞道，村里家家户户摊派，他上山打柴筹款，不慎摔扭了脚筋，起初不碍事，待到肿成篓筐才焦急，后来吃了草药消肿，以为没事了，没想一拖，错过了医治最好的时日，眼下时好时坏的，瘸脚了。"母亲还真唠叨。

趁着母亲收拾碗筷，他说："那我今夜就去。"母亲却拦住他，塞给他一只手电筒。他出门了。

山里的夜好黑。他捏亮手电，却只是一丝暗红。过了片刻，眼睛才适应四周的漠静。天上的星星很亮，依稀可辨发白的路面。

拐了一个转折弯，过了一片黑魆魆的田野，就到了村小学的操场。操场上那面红旗在夜色里没了颜色，却也懒得飘动一下。

他忽然记起读小学做过的一桩傻事：

那是为了赶赴次日一场集体活动。可那天夜里他穿着活动服睡觉，没想到尿床了。不能参加活动了，却被陆老师数落了一顿。他委屈不过，就把粪便倒在他宿舍门前的一只陶罐里。他心里很得意，陆老师一定会因此气急败坏而狂狗乱吠，然后恶狠狠地摔碎陶罐。然而，他没有等到事先所预想的结果，几天后，他装作若无其事从他宿舍门口路过，却见陆老师仍用着那只陶罐煎着黄澄澄香喷喷的鸭蛋……

他去城里读中学时，陆老师还在村小学当孩子王。可是他一辈子没寻上媳妇，听人说，曾有个外乡寡妇来投他，后来那女人落上思乡情绪，才知道她还有个未离婚的丈夫和女儿，他就让她走了。

走近了陆老师的家门，那里他再熟悉不过了，曾几何时，放假了，他常常来到这里，缠着他讲神神怪怪的故事，夜深了，他回家的路上还仿佛感到背后有阵阵阴森气息。

他停下脚步，关了手电，叫道："陆老师，陆老师！"没人应声。

停了片刻，他打开手电往门缝照一照，去拍门："陆老师——"仍没人应声。

过了好一阵，屋里有了响动，他凑近门边，门里却又静下去了。

又过了一阵，屋里浮起了鼾声，忽近忽远……

他只好往回走，他闹不懂陆老师是否就在屋里？那响动？那鼾声？转念又想，见了陆老师，该会说什么呢？……

夜风起了凉意，吹来谁家孩子的哭闹声，杀猪一样尖叫，间或，又飘来女人厉声的叱骂。空中不知何时挂上了一弯残月。远处，还浮动着三两声疲惫的狗吠。

　　回到家，母亲还未睡下。屋里的灯还亮着，听到他的脚步声，母亲问："见着陆老师了？"

　　"见着了。"他觉得不能实说，那样母亲又会唠叨的。

　　"他的腿还灵顺吧。"母亲问。

　　"哦，还好。"他回答母亲时进入卧室去。

　　不想母亲又说："你刚才前脚一走，村支书后腿就来了。他说，明日两天，他都忙着了。谁不知道他是个酒桶，要陪乡长去县城应酬。他还捎来一条烟，说还有二百余元。我推让不接，他说，是修村前那条泥泞路筹款剩下的钱……他寻思你不知何时能回来，早走了。"说时，就熄灭了灯。

　　他躺在床上，钻进被窝。被子是母亲白天在日光下晒过的，有一种暖和的气息。但他没法入睡，眼前总是晃动着村支书海量的把盏劝杯和陆老师干瘦如柴的瘸脚……

　　他决计了，天亮就回城里去。

　　窗外，天边还挂着那弯残缺的月亮。

窗台那盏灯

　　怎么会这样呢？

　　老倔爹送走村长和城里来的两名警察，他望着那座窗户便陷入了沉思。刚才，村长问他："望春回来过吗？"他答道："从年节一走就未回过。"可抬头却碰见村长狐疑的目光。

村长吸溜了一下鼻子："二公，还不知道吧，望春出事了。"

老倔爹一惊："出了什么事？"

村长说："杀人啦，这不，公安正寻他哪！"

老倔爹便愣眼看着戴着大盖帽的两个人，还发现他们腰间别着黑亮亮的枪，不由心里颤动："望春杀谁啦？"

警察严肃但不失温情地告知他：望春在城里因赌博挪用了公司的款项，东窗事发，有人检举他，他捅死了别人，畏罪潜逃。

村长说："二公，你别躁火？既是望春杀了人，那便是犯了王法。人家公安局还有事情跟你说。"

警察抿抿嘴唇，说："老人家，您的心情我们理解，但是儿子杀了人，犯了罪，如今又跑掉了，国法是不饶的。我们希望您配合我们来抓凶犯。否则，包庇呀、祖护呀，那样您也有罪了。按我们的经验，您的儿子讲孝心，还会回家来的，那时您必须告知我们。"

"望春若真是回家，你可得说呀！"村长冲着他说，"要不，叫窝藏。可不能糊涂啊！"

"他要回来，怎样告知呀？"老倔爹疑问。

警察猝然发现窗台上有一盏灯，眼睛立时闪出光亮："对，就用它，他若是回来，您就点燃它，摆到窗台上。"

"听明白了吗？就，就点那盏灯。"村长重复说。

老倔爹心里一沉，痴痴地看着那盏灯。

他记得，刚十岁那会儿，自己还是个放牛娃，就曾利用窗台摆的那盏灯给琼崖纵队伤病员传递过讯息，想着那时候望见窗台点燃着灯说明家里是安全的，可放心进门管饱一顿饭。如今，他疑惑了：因为儿子，他也要用这盏灯？别无选择了吗？

早些年，望春辞去单位工作，独自开了一家公司，老伴就极力反对，但始终抬拗不过望春的犟劲。这些年来据大伙说公司还经营得不错，怎么成诈骗了呢？他怎么糊涂到这个地步？还杀了人？老伴前年去世，临前还嘱咐他要把把望春的走向。这样想着，他不由将目光投向窗外，那座山坡上，埋着老伴孤独的坟茔。他心里怅然地说，要是你还在，会有这回事吗？

小风轻轻拍打着窗棂，蟋蟀在墙角嘟嘟地叫，老倔爹刚要去闩门，突然间，门"咿呀"一声开了，望春站在他面前。他几乎不敢相信自己的眼睛，使劲儿眨动几下，站在面前的的确是望春。

"爹。"望春憨憨地叫一声，"爹，快给我点儿吃的。"

老倔爹将望春招呼到伙房，说："锅里有饭，你吃吧，我再给你煎俩鸡蛋。"

望春狼吞虎咽地吃着，眼睛贼溜溜地寻觑着，待最后一口食物从喉咙处咕噜一声咽下之后，他才急急地说："爹，我看您一眼就得走了，有没有钱什么的，给我准备点。"

老倔爹赶忙把裤腰子拽开，从里面掏出厚厚的一沓钱，递给望春，说："就这些了，都拿着吧！望春，你要去哪里？"

"爹，这您就别管了。"

"望春，我说你……可到小南山的石洞里躲躲。"

"爹，您就别管我了，我这一走，是死是活，真的不好说，什么年月能见到您，也都不敢想。爹，只求您自己保重啦！"

"望春。"老倔爹身子一抖，亮亮的泪珠向脸颊处滚动。

"爹，还有一事。把咱家那把琼崖纵队留下的尖刀给我。"

老倔爹愣了，说："你拿它何用？"

望春咬了下嘴唇说："爹，我手头怎么也得有个应手的家伙呀。"

"什么？"老倔爹倒吸了一口冷气。

望春："爹，我现在已经想好，谁真若是抓我逮我，我已没有别的路了，就得拼了，反正我已是有人命的人啦，杀一个够本，杀俩就赚一个。"

"嗡"的一声，老倔爹就觉得脑袋像被谁猛然擂击了一样，眼前金光四射，他做梦也想不到，他的儿子如今变得这般可怕了，变成了杀人恶魔，他颤颤地向前走了一步。

"爹，快去给我取刀来。"望春显得很焦急。

"好好，爹这就去拿。"老倔爹应允着他，离开伙房，悄然走向窗台，点燃那盏灯，端放到窗台上。

当望春吃饱饭走出伙房的时候，警察已出现在他面前。

收旧货

腊月二十三一过，就有人招呼收旧货的詹承宜回家过年，他却不慌不忙地说，还早哩，再等等，那口气，似乎在等待着一种意外的收获。因为年关这一阵是一年中收旧货最忙的时候，城里人都要处理掉一些旧东西，图个洁洁净净过新年。

詹承宜十分庆幸在进城后迅速确定了收旧货，虽然收旧货只能赚很少的钱，有时候还会被人骗了，还要倒贴掉一些。他相信钱会积少成多的，只要能够不辞劳苦，收旧货说不定也会有意外好运的到来。

然而，今年他收旧货的城南锦绣花园小区贴出告示，请业主们倍加小心，尤其收旧货的不能轻易混进小区。本来他可以推着拖板三轮车进来，这下连他都不让进去了。业主的旧货就堆在车库里。

眼看到了年根，詹承宜就忍不住跟守门的保安急，说，我到这个小区，比你还早呢，小区里的人，都认得我，却不见得都认得你呢，你又不是没见过我，你又不是不认得我，你说不让我进去，你这样我可损失大了。我这一个年关就白等了，一年里我也就等着年关的这几天好日子。这有道理吗？保安倔得很，说，认得你是认得你，不能进就是不能进，给你进去了，我就得出去了。你损失什么呢，反正谁家都没有卖，早晚也是你的，等过了这年，你再进去收吧。你是老主顾了，会惦记着留给你的。怎么没有道理，不让收旧货的进，就是道理。

他们吵吵嚷嚷的时候，门卫保安部的班长来了，班长和詹承宜是老乡，他看到老乡，像看到救星了。班长却将他拉到一边悄声说，晚上十点后，我当班，你再来。孰不知，为了垄断这个小区的旧货资源，詹承宜每月都要给他买上一条好烟或者两箱啤酒。

城里似乎比乡下黑得早，太阳刚落下去，夜幕就一下子扑上来了。六点一过，锦绣花园小区的路灯亮了。

等到十点，詹承宜就直奔到锦绣小区大门。果然是当门卫班长的老乡值班。他招呼一声，刚要进去，班长却拦住了他，说拖板车不能进去，否则你进去我就得出来。又见他手里还拎着一只布袋，说那是什么？詹承宜支支吾吾，不出声，他上前抢过一看，却见几本旧日记，笑笑说，进去吧。他急着进去，对班长老乡说，孝敬一条好烟给你过年。

詹承宜进入小区，这才记起刚才忘了向班长老乡打听16号楼D座的方位，16号楼D座就是托他寻找旧日记的人家。但又觉得踅回去问不妥。他记得白天的小区绿树成荫，鸟语花香，假山流水潺潺，宛如世外桃源；而现在夜晚的小区似乎与白天不一样，路也多，像蜘蛛网，又没路标，像进入了一片陌生的森林，不知道该怎么走。他张望四下的绿荫丛，发现那些树和花草一动不动，像塑料似的呆板，脑子里不由一片空白。

他不敢东张而望，生怕别人将盯贼的目光丢向他。过了许一刻，他才决定去地下室车库，业主的旧货都堆在车库里。

他记起了那个托他寻旧日记的车库是在285号。他又累又饿，蹲倚在墙根边刚一迷糊就睡着了。夜里很冷，他睡得并不踏实，醒了几次，还咳嗽了几阵，他又摸出香烟御寒，回去已不可能，不被人发现当作贼就是万幸了，他等侯次日能否收到堆放在车库里的旧货。

第二天，詹承宜是被汽车喇叭声惊醒的。他慌忙起身，见到了车库的男主人，他巴结地一笑，举着那个布袋，说，你看看，这里边的是否你家保姆丢失的旧日记。那男人接过一瞧，大喜过望，很感动，说，太好了，太好了。

男人告诉他，这些日记，是他的爷爷20至40岁的日记，40岁以后，爷爷就再没写日记，为了了却心愿，晚辈打算凑钱出版这些日记，遗憾的是，其中缺了三年的内容，1936至1939年的日记，被爷爷当年的老保姆当废品卖了，晚辈曾经费了很大的周折，但始终没有找到，现在这三年的日记，竟被找到了。男人将一只信封递给他，说，你先拿着，这是两千元。他愣着不敢接，本来他只巴望拿到两百元，见人家掏出那么多钱，心疼了，说我不能拿这么多钱，给我三百就好，我还要租车回家过年。

男人表示关怀说，昨晚你怎么躲在这里的？保安没为难你？……

他嗫嚅地说，我是进来收旧货的，不让车进……保安同意我进来收，我可对天发誓，只要有"偷"的心思，我就永远不再收旧货了。

男人若有所思，好像明白了什么，说，我听得出你是诚实的，我也是乡下孩子，说时从车上取下一条"芙蓉王"香烟，递给他，说这……给你拿去抽吧。

他迟疑了一下，拘谨地把手伸过去，说，我，我不是贪这条烟，我答应给守门保安买一条好烟，那我就用不着买了。

男人探询他，说，你的亲戚朋友有想干小区保安的吗？

他说，有没有又怎样？我儿子在部队入了党，当兵转业还不照样在老家里种地。

男人说，过了年就叫你儿子来吧，就到小区的门卫那上班。他有些不相信自己的耳朵，想问个明白，可男人向他挥挥手已开车远去了。

出门时，他拿出那条"芙蓉王"香烟，那个班长老乡正在收拾行李。他问怎么啦？班长老乡哭丧着脸，说，我就说过你进去我就得出来，老总不让我干了。

两个儿媳妇

王阿婆常常惦记在县城小镇上农办企业厂的两个儿媳妇。逢农闲季节，她决计进城去，到两个儿媳妇家走一趟。

王阿婆先到大儿媳妇家去。

大儿子长根是小镇农办藤织加工厂采购，常年出门在外，家里只有大媳妇一人，她可是藤织厂的会计，能说会道，内外都是一把手。王阿婆还未进门，大媳妇就满脸春意地迎出来，说："阿妈，我做梦都惦记你，巴不得你早来，这次来，要多住几天，否则，我就缠着不放你走。"那语气仿佛是胞生女儿一样，说时已将家婆迎进厅堂，扶携着在舒适的沙发上坐下，转身从电冰箱里拿出冰冻的罐装椰子汁，递上来，把家婆捧得乐颤颤的。

次日一早，大媳妇就把家门钥匙交给家婆，出门时说："妈，有你在家，我上班就放心，我买的菜还来不及洗，如有空，妈就帮着洗了，肉搁在冰箱里，我若回来晚了，你就自己烧饭，有劳老人家了，过意不去。"

王阿婆听着大媳妇的谦维话，心想，大媳妇怎的一家人说两家话，来了干些家务也是应该的。于是，她便把家什活全包揽下来，整天总是清扫庭院，烧饭煮菜，虽然菜的味道不怎样，大媳妇一点也不见嫌。大媳妇常常在厂里加班，很晚才回来，换下的衣服本来想次日才扔给洗衣机，可次日醒来，已见家婆将衣服手搓水洗……王阿婆就是累弯了腰杆，她也能体谅大媳妇好的难处。

然而，日子一长，王阿婆心里就开始腻味：巴望一个星期只有三天，而大媳妇则希望一个星期能有十天。王阿婆住了多半个月，大儿子长根出差没有回来，心里就惦记起二媳妇，就说要离开，到二媳妇家去。大媳妇还想留，嘴上甜甜地说："妈，你到二婶那去，如住不惯，就尽快回来，我做梦也会等着你。"王阿婆苦笑着，大媳妇实在忙，但她还是到二媳妇家去。

二儿子长顺是小镇制砖厂的推销员，也常年跑在外头。二媳妇则是一名脱坯工。她初见家婆进门时，忙停下手中活计，憨然一笑："妈，是你来了，长顺不在家，你快进屋歇着，你看我在忙呀，你自己倒水喝。"说罢，又随手捡起活计忙起来。

忙完了，二媳妇才招呼家婆一块吃饭，不时还特意把肉夹到家婆的碗里，显得客客气气的。每天，临出门，还说："妈，你在家歇着，我上工去了。"直来直去，别无他话。

二媳妇比大媳妇还忙。白天忙着往制砖厂跑，有时午天下班时才买菜回来，晚来忙着家务琐事。有时夜深了，还在灯下飞针走线，不知还缝织着什么。王阿婆并不知道二媳妇夜里是几时躺下的，而第二天起来时，二媳妇已上班去了，却已做好了早饭。尽管王阿婆每天守在家里，每顿饭还是二媳妇做，有时王阿婆帮着扫地，二媳妇仿佛就显得不安，王阿婆的心里也觉得不是滋味。

王阿婆也在二媳妇家里住了多半月，二儿子长顺也始终未回门，便提出回乡下去。二媳妇留她，说："妈，乡下在闲着，就多住些日子吧。"王阿婆心想，在大媳妇家里，虽然整天忙乎着，但听的都是孝敬的话，而在二媳妇这，却是闲得慌，可又……她回二媳妇的话："先回去，过一阵子，我还会来。"见家婆很倔，二媳妇也就不强留。

王阿婆去车站，二媳妇去送，一路上，也说不上多少话。

临上车，二媳妇交给家婆一个小包，说："妈，我赶织了一顶毛毡帽，过些日子天气就会凉了，你就将就戴吧，我脱不开身去孝敬你。"

王阿婆上车坐定，就从小包里掏出毛毡帽看：啊，多耐看密匝的针线呀，原来二媳妇夜里是在为她赶织毛毡帽呢。她心头一热，从车窗伸出头去，想对二媳妇说些什么，但一时又不知道说什么好。

车下，二媳妇像是忽然又记起什么，说："妈，我在毡帽里底塞了三百元，回家去，知冷知暖，你就留着用……"王阿婆听罢，翻开帽底，见着几张崭新的钞票，鼻子一酸，泪水漾满眼眶……

车开动了，王阿婆再次将目光抛出车窗，只见二媳妇还站在站台上，向她挥手……

雨季不再来

那一年春天，我在县城中学住校读高中。

一个阴雨连绵的日子，我拿着饭盒去食堂打饭的路上，一不留神，在楼梯拐弯处，撞到一个人的身上，"哗啦——"一声，饭盒撞落地上。

"你是怎么走路的？"我没抬头，就破口而出，连我自己也觉得惊奇。那人大概被突如其来的声音震住，一声没吭。等我低下身捡起饭盒，再抬头看时，一双炯炯发亮的眼睛正瞪着我。我只觉得脸孔倏地一热，匆匆从他身边快步溜走。

从那以后，我敏感地发现，每天去食堂打饭的路上，都可以碰上他。我总是远远地打量他轻捷矫健的身影，他却总是那样目不斜视，好像什么也没有发生过一样。但从他打饭往返的方向，可以确定他是毕业班的同学。每次我和他擦肩而过时，总想对他说些什么，但又不知道如何开口。一种怪怪的感觉折磨着我愁绪万千的日子……

那一年春季，雨总是那样淅淅沥沥，时晴时阴地飘洒在人的心里。

一个周末，我打算回家去，在车站等车。

刚才晴朗的天空又阴了下来，出校时，我忘了带伞，又懒得返回学校去。

雨，却不解人意地下了起来。我只好孤独地躲在车站旁一个屋檐下。可屋檐的空间太窄了，雨点不时夹着风向我飘荡而来，我急就转身面壁，不让雨珠滴打我的脸孔。

忽然，我觉得一个阴影向我罩来，出于一个女孩的直觉，意识到发生了什么。我转过身抬起头一看，是一把半新不旧的雨伞顶起一片晴空，那双炯炯发亮的眼睛又在瞪着我。我顿时觉得自己十分窘迫又不无狼狈。我只觉得自己的脸颊开始发烫，心跳得厉害，我不知道说些什么好。准备了多时的话不知道雾时跑到哪里去了？他又会说些什么呢？他沉默，平静，一言不发，只是雨伞换了挡雨的方向，一把伞多半罩住了我，挡住了向我飘荡而来的雨珠……两个人——一个男生一个女生就这样静静地站在屋檐下，听着春雨润物无声……

雨幕退去了，雨珠变得淅沥起来，雨点终于小了。前方有喇叭声在催。客车来了，他比我先走。但我清晰地记得，他终于留下了匆匆一瞥和嫣然一笑。很明显，他是害羞的，眼神刚一触到我的眼睛，就迅速掉过头，飘然而去。而我却连一声客套的"谢谢"也没有说出口。夏季来临，高考进入了繁忙紧张的准备阶段。我忽然发现在去食堂打饭的路上，再难见到他熟悉的身影，他也在做最后的冲刺吗？我的心里像丢失了什么东西似的。

暑假里，我终于在学校的橱窗里，读到高考发榜的消息，他熟悉的脸孔出现在光荣榜里，却是不再羞涩地盯着我——他读一所重点大学去了。

整个夏天，没有下过一场雨，教人憋不过气来，一种莫名怅然的感觉始终缠绕着我。

终于在秋季入学时，我站在车站那个熟悉的屋檐下，忍不住哭了。我发誓毕业时也要报考他读的那一所重点大学。但我知道，在我的生命里从此有了一个永生无法忘怀的故事。

哦，雨季不再来……

大秤小秤

老鳄爹是大浦湾为数不多的旱鸭子之一。

可旱鸭子有旱鸭子的活法。像老鳄爹就专靠贩海鲜，开个摊档，打发日子。

每到捕捞汛期，老鳄爹总是守在滩头边，等着返航的船靠岸了，他就奔上去一边探听收成，一边讨价还价，每每贩来卖去，纵然总不见红发起来，可时日也能偶尔开花，安稳度日。

前年，婆娘病去，老鳄爹精神一落西山，常常闹出病碎，贩鱼再也跑不动了。独生女亚秀一片孝心，丢下织网活计，安慰爹说："爹也该歇歇了，我去贩鱼——"过后，真个去滩头贩回一趟鲜活的龙虾，卖了好价钱。

老鳄爹看着只是摇头，女人家不长生意心眼，不是做买卖的料子，但又拗不过亚秀。

一回，老鳄爹叫过亚秀："你去贩鱼，要长秤砣心眼！"

亚秀不解，老鳄爹又说："爹有两杆大小秤，你贩鱼用小秤大砣，砣子压得低些，能多贩些；卖鱼要大秤小砣，一斤可多卖几两。"亚秀点头，似乎悟到了真谛。一连三五日，贩来卖去比平日净赚不少。

一晃三秋过去，亚秀贩鱼竟也发起来了，撑起了一间咸淡店铺，取名"富海"店，卖贩来的海鲜，也卖闲时织下的渔网。

起初，亚秀去滩头贩鱼，同捞海者讨价，磨得嘴长茧，也只是三二户卖给她。连篓包筐也不过是几十斤。而今，亚秀只要在滩头一站，捞海者都蜂拥将所获卖给她，除篓去筐三二百斤。

起初，亚秀贩来的海鲜，只是村里来了远客，一时应急招待买了三二斤，还挑肥择瘦，嫌积压味儿有变。而今，涌向亚秀的店铺的却贵贱不分，除去应急招待匆匆旅人过客买，外来商贾城里商贩时不时来函来人洽谈订货，时时是当天贩回的鱼鲜，当天下晌销罄，鲜嫩嫩，水灵灵，绝无异味。

有人说，亚秀命好，赶上了天时地利人和，也有人说，亚秀凭借了经济潮汐的东风；有人说，亚秀长得秀气，倾倒了远离婆娘的捞海者；也有人说，亚秀花枝一朵，逗引彩蝶一般的买客……

然而，亚秀还是亚秀，风里来，雨里去，买卖做火了，招了海生为插门丈夫。

老鳄爹有女儿女婿孝敬，眼看着一桩桩、一件件的贩来卖出，满脸光彩。

一个海生不在的时光，老鳄爹独酌独醉，夸女儿："还是你行呀，只可惜你娘见不着这年景了。这些年，你记住爹的话吧，买时小秤大砣，卖时大秤小砣……"

亚秀听着，脸一怔，连连摆手："爹，错了，错了，我可把你的话记反了！"

老鳄爹陡然酒醒了一半，愣着不敢相信。

最后的狩猎

　　原想天一亮就狩猎去，没想到昨夜里躺得沉，睡得死，直到茅棚外的狼狗汪汪吠叫，他才恍然醒来，眼前一片惺忪蒙眬，他赶忙爬起身，出门一瞧，日光早已跃出远山空蒙的坳口。

　　他踅身进入茅棚，忙着洗漱，将昨夜剩下的半碗稀饭，狼吞虎咽地填进肚里，权当早饭了。然后，取下挂在茅棚土壁上的猎铳，用一条污脏的布片抹了抹枪管；枪管闪射出锃亮的光泽。随后，他戴上用葵叶编扎而成的大罩笠，捎上平日备装枪药的半截牛角和一壶山兰米酒，跨出门去。狼狗一跃身起来，摇着尾巴，紧跟在他的身后，向着大山里自由涉猎的深峪走去，那里还常有野猪和黄麂或一些叫不出名字的猎物出没。

　　唉，今天是怎么啦？他走着走着，刚走到平日赶山追猎归来时才歇脚的大花岩石边，就忽地感到气喘吁吁，背发虚汗，往日操得轻便的猎铳有些发沉，长瘦枯干的脸上，青筋像蚯蚓一般地蠕动，他长长地叹了一口气，蹲在大石边，掏出汗巾，擦了擦额头和脖子，怏怏地向山下望去……

　　他的家就在山下的小黎村。他的父亲曾是黎山远近闻名的好猎手，在这山上曾围追捕捉过多少猎物，就像父亲在山上留下重重叠叠的脚印一样，让人无法记清。如今小黎村的那片老船形屋场上，还挂着猎物的残骸尸骨。父亲归寿后，他才接过猎铳。在黎山，他的一家是狩猎世家。父亲在瞑目前，还不忘嘱他把猎铳传下去。他强忍住泪水，咬着牙答应了，父亲才安详地合上深陷的眼睛。他向族长发了血誓，在山上盖搭起茅棚，除了刮大风落暴雨，长年累月地蜗居在山上，沿袭父业，狩猎为生。作为一个猎手，过去的岁月是带着血腥和辉煌的。刚刚接过猎铳的那些日子，他狩猎的运气长旺不衰，常常打到膘肥的野猪或黄麂什么的，拖下山去，小黎村就实在欢乐了些许时日。屠宰猎物的盛典是山里狂欢的日子。多少回，他将打到的猎物交给族长时，村边的老歪脖树下，就会响起咚咚作响的猎皮鼓，村中的男女老幼都会围将过去，七手八脚地将猎物剥皮、咯血、剖腔。夜里，老歪脖树上挂上了各式各样的灯笼，村民便在鲜鲜亮亮的灯火下，点起篝火，烤猎肉，抬出埋藏多时的山兰酒，对歌豪饮，一醉方休，他俨然成了传说中追求金鹿回头成亲的猎手……近些年来，有许多回，山外环境资源部门的一个壮实白净的后生，翻山来找他，说野生猎物是受国家法律保护的，保护环境资源是一项基本国策，说不再让他在山上狩猎，要不，要罚款的，屡犯者还要坐牢。

这深峪是五指山一个幽深的山峪。两峰之间是一片阴森森的亚热带雨林，遮天蔽日，浓绿如黛，举目远望，苍郁滴翠。先前不少赶山追猎的人常常听到山峪里传出野猪或黄麂的嗥叫声，但都怯着山神，绕道而去。近些年，他狩猎的运气不再畅旺，猎物不易得手，时而，他蜗居山上整整一个多月，仍是两手空空。然而，他狠了劲，倔了性，烧香叩山神开恩，保佑巡猎平安，斗胆涉脚探路进入深峪去，终于一回生二回熟，踏出了一条仄长的小路，还将卖兽皮得的好几百元，扔给一个刁钻的江湖佬，买了一条狼狗……此刻，狼狗正俯在他的身边，舔着他粗大的脚趾，他也用粗糙的手静静地抚摸着它。这狼狗，精壮，剽悍，勇猛，鬃毛光泽好，训练有素，人见人爱，每每赶山围猎都有赫赫的功劳。狼狗还搭救过他的性命——那是一个仲夏炎热的中午，他像一只蚂蚱静静地蛰伏在一片密密的茅草中，端着猎铳向一只觅食的小黄麂瞄准。正待扣动扳机，忽而，身边的狼狗狂声吠叫，他惊觉蓦然回头，原来，不远处一条黑花蛇正冲他而来……他赶忙闪跃起来，转枪击蛇，才免了一灾。他拍了拍狼狗，掏出半壶山兰米酒，仰脖咕咕几口，脚下又仿佛生出灵气来，站起身，沿着他踏探出的那条小路，向深峪里走去。

深峪里，古树参天，他不由一阵发怵胆怯，但又立刻定下心来，操起枪，引着狗，在茂密的灌竹莽丛中，探踏藤枝，巡了几个大圈子，但时已午后，却一无所获，连个猎物的影子也没有发现。其时，烈日当顶，浓荫下也显得热气蒸人，他汗流浃背，狼狗也吐出舌头。他感到口干喉渴，四脚疲惫，掏出酒壶来，又是咕咕几口，在一棵枯败的椭枫树下坐下来，长长地叹了一口气："老了……"其实，他才四十出头，只是山里的风高气野，日烈雨稠，削去他脸上的英俊，却塑造了他硬邦邦健壮的身板。他虽未婚娶，却还真的爱过一回，那是城里后生下乡当知青的年月，他在小黎村可算是血汉一个，一个从海那边城市过来的清清秀秀的姑娘来村里接受再教育，或许是羡慕父亲的荣耀，渴求庇护，她钟情于他，在一个月夜，在村边的稻草垛边，委身于他。然而，那个姑娘终还是在知青回城时，跟着别人走了，再也没有音讯。他的心里倒没有多少留恋，特别是接过猎铳以后，他搬到山上住下，陪伴他的是锃亮的猎铳，忠实的狼狗，还有半壶山兰米酒。他攀山崖，进洞穴，饮山泉，嚼野果，坦坦荡荡地熬过了些许年月。每当夜幕降临，山风飒飒，兽声怪叫，虫鸣揽心，他才开始有一缕幽怨和孤独，每当涌起对异性渴望的欲念，他就会想起黎家英勇猎手不懈追求金鹿回头的传说，他多少回打到猎物拖回村时，在村民敬佩的目光里，他俨然传说中涉山过河追求金鹿的猎手，十多个年头了，他在梦中也在隐隐地等待金鹿的出现，鹿回头神奇美丽的传说占据了他整个寂寞的心灵。狼狗又在舔他的脚趾，暖暖的，他随手举起酒壶，酒壶不知什么时候早空了。他极目远望，日光已西移多时，他这才记起该往回走了。

他撑起枪站起来，扭回头看一眼山沟时，不由陡然一震，两眼瞪得贼亮：一只美丽的梅花小鹿正在小溪边饮水。一阵狂喜从心底奔涌上来，他舔舔干涩的嘴唇，咬着牙也止不住两手的颤抖，在这山上，在这苍莽峪地，还是头一遭见到鹿，倏地，他的心里掠过许多意念：他完全有把握用小鹿从山外动物园或是刁钻的江湖佬手里，换回一把皱巴巴的钞票，或者是捕捉下山去，剥皮抽筋……看着看着，他又忽地怀疑自己是在梦中，揉揉眼睛再看，拧了一下大腿还疼，他忘情地抚摸着狼狗的后背。不料，狼狗狂吠一声，腾跃双蹄，迅猛地向溪边的小鹿冲去。小鹿被惊动了，扭头便跑。那疾步的姿态，多像传说中仙鹿的化身，他的眼前不由浮现出一个清清秀秀的纤弱姑娘的身影……狼狗紧追不舍。他早已忘却了疲惫，也迅猛地追上去。小鹿步履踉跄了，狼狗追上的距离越来越近……他举起了手中的猎铳——

铳声响了，倒下的不是小鹿。小鹿跑进了一片茂密的灌竹丛中，倒下的是他多年厮守的忠实狼狗。血，染红了一大片倒地的草莽，空气里，浮起了一股血腥。他跑过去，虔诚地跪下，猝然抱着狼狗，狼狗睁着眼睛，黯黯的，闹不清主人为什么要杀它，浑身的鬃毛抽搐着，颤颤的，一副无望哀怨的样子。他顿然热泪漾出眼眶，半晌，才放下狼狗，把脑袋擂得山响，喊道："我，我对不起你——"山鸣谷应，远传开去。

他静静地站起身，伫立了许久，又俯下身，挖一个大坑，掩埋了狼狗的尸体，找到猎铳，把它抛进了苍莽的峪底……

瘦二宠枪

瘦二生性很倔，喜欢上什么了，非粘上瘾不可。小时候就特喜欢枪，当然是些玩具枪。看到商店里有什么枪，便缠着父亲硬买。读小学时，玩腻了玩具枪，又学会打弹弓，打麻雀，再打斑鸠，还打画眉。上中学时，本来他功课就不怎么样，一逃学去城郊打鸟，学业就荒了。

那时，适逢冬季征兵。母亲嘴上对他说："去当兵吧，在部队或能玩上更多的枪呢。"心里却想复员回来，捞个就业指标。他赶去报名，竟真的穿上了绿军装。

新兵连结束，他却被分到饲养班去。这就意味着他从此在部队再无缘摸着枪了。他寂寞不过，悄然买了那一支气枪，暗里打雀鸟。后却因与人不和斗嘴，被告发了，结果气枪被没收，一怒之下同人横竖地干了一架。他提前一年退伍。

提前退伍，自然就捞不上就业指标。母亲让他去某公司打工，他死活不肯干，每天只是到街上逛。

然而，风云多变。没想到，他赶上时下骤然兴起来的电子游戏射击堆。他与人合股开了一爿电子游戏小店。玩枪的冲着他眼准，凑兴的很多，他每天有示范表演，枪枪中靶，游刃有余。许多上学的孩子从他的电子游戏堆边过，听到阵阵喝彩声，腿就摆不开了，丢了魂地往电子游戏机堆钻。一年下来，他就攒钱改造了旧房。

不久，亚运会在城南开设一赛场——射击场。

他赶去看了，瞧着邻国有个射手战绩不佳，不由嗤笑，用方言说："傻货，别沾脏了枪。"有个裁判员激他："你来试试！"他心里一紧，过去接枪就瞄，连扣扳机，嗒嗒嗒三声，弹中靶心。观众一阵雀跃。

三天后，他正泡在电子游戏射击堆里，市体委来人找到了他，让他到赛场一试，果然弹不虚发，三弹一靶心。

之后，省城举办一次射击表演赛，市体委报上他的名，他欣然去了。那回，省电视台做了现场直播，母亲坐在电视机前，看了他一举夺魁、王副省长给他挂奖章的镜头，叹息，说："没想到，这蛮头玩枪玩出头了。"

一周以后，他兴冲冲地回来了。母亲就问："你那奖牌能值多少钱？"

他不回答，却说："再不开电子游戏店了，市体委已吸收我为运动员，拿国家工资。"

母亲急问："一个月挣多少钱？"

"有八百余元吧。"

"这点钱，怎么花？"母亲疑问。

他无法说服母亲，只说："你还讲过，我找到正式工作，就不管我了。"

电子游戏店是以他的名义开的，最终还是收摊了。

不多久，据说他在市体委训练很能吃苦，并将被抽作国家队队员，参加下一届奥运会，接受金牌的挑战。

今天你微笑了吗

阿贵在我们酒店里是个平凡的行李生。

他个子不高，没有俊朗的外表，看上去很难引人注目，但他无论是遇见客人或同事，总是面带笑容，总洋溢着一种热情，特别是他对待工作的较真劲，在服务过程中力求细节完美，引起了我的注意，让我再次遇见他时就能记起他，我对他的问候也会主动还礼。

阿贵对我说过，他来酒店应聘时未满20岁，因为家庭拮据，他未能读完高中。他最初应聘的职位并不是前厅部行李生。他说他文化不高，应聘岗位是客房部的清洁生。但他把平日里很俗气的一句话挂在嘴里：只要是金子在哪里都会发光。当时，我心里还笑他很傻很天真。

酒店大堂是客人流量最大的地方。大堂内的洗手间是他工作经常光顾的场所。他为来洗手间的每一位需要用水的客人拧开水龙头，并用掌心指向梳洗台上搁置好的洗手液，微笑着对客人说："这是为您准备的洗手液，请使用。"客人清洗完毕后及时把纸巾递送上去，让客人即使在洗手间内也同样体会到温暖的感觉，而不仅仅是一声寻常的问候，或者是一个机械的鞠躬。

阿贵刚试用期满，顾客留言簿上就有二十余次提到他的名字，当然都是赞许有加的肯定。于是酒店领导层特意召见了他，将他调到前厅部一线接待上班，让他当一名行李生。上岗前夜，他找到我，说：今后在岗位将面临着更加艰巨的责任，让我多些帮助他。

阿贵上岗后，我在前厅部遇见他时，他除了向同行请教还是请教，人力资源部每月举办的礼仪培训、英语强化班或在酒店电教室里都会见到他的身影。每天，阿贵站在酒店大堂门的伸缩玻璃边，在为客人开门的时候，都会主动地接过客人的行李并热情询问客人的称谓，引领客人到前台办理入住手续。他心里惦记等下次客人再次出现在酒店里就能亲切唤叫上客人的称谓，这能让客人感到格外惊讶和意外。环岛国际自行车赛举办过四届，我们酒店却被主办方指定为接待酒店，阿贵每年在大堂里用他有限的英语知识为主办方和外国朋友提供相应服务。当来年的比赛接待时，他唤起客人的名字，竟意外地得到外国朋友的拥抱。这对于他来说是何等荣耀。阿贵做到了，让客人记住了身材单薄的他。这时候的阿贵欣慰地笑了。

年过七旬的华侨李先生，连续多年回乡寻亲未果。李先生的记忆里只记得有个宝鸡村，而行政辖区地图再也找不到相应的方向。阿贵指导四处打听，翻找书籍，他无愧有心人，他用休息时间翻遍客人登记流水簿上姓李的名字，征询了每一位姓李的客人，终于问到城南一位李姓女人，后经酒店领导层疏通，果真就是李先生要找的宝鸡村人。七十年后，李先生见到久别的亲人，当亲人相认时，阿贵在场泪水漾眶地笑了。

当然，阿贵在工作中也有失误的时候。有一次在为一位酒店常客点燃香烟时，由于打火机出了故障，燃气四溅，差些烧到了客人的眉毛。阿贵惊慌失措，忙赔不是，客人并不责怪他。客人知道，阿贵并非故意。但阿贵并不原谅自己，以后再次为客人点火时，总是先燃着火苗再给客人递上去，避免出现同样的差错。他对我说，每一次工作循环不是简单的重复，更不能犯同样低级的错误，而应是呈螺旋式的上升，都要追求新的收获。这样说的时候，阿贵还是憨憨地笑。

阿贵一直以最灿烂的笑容出现在酒店迎接每一位客人，经过他接待的客人都有宾至如归的感觉。他每一个完善的细节服务，都会让客人感动。这也是阿贵在服务过程中获得的最大满足。记得员工用的洗手间内镜子边贴有这样一句温馨的提示语：今天你微笑了吗？

我想，阿贵他每天都做到了。

《过客》征尾

某报副刊举办小说《过客》续尾征文，要求不超过两百字，全文如下：

小海仔没有等老旺爹狩猎归来就走了。

老旺爹从山那边拖着疲惫的身躯回来时，女儿二杏就告诉了他。他心里一沉，满脸怅怅然，好像失去了什么。

二杏对爹说："他说，他还会回来的。"

她接过爹扛在肩上的猎枪，挂在屋前的墙壁上。老旺爹长长地叹了一声，就愣愣地向大山的坳口望去……

一年前，小海仔是被老旺爹从山那边驮回来的。

老旺爹是大山里出了名的猎手。那日，天刚蒙蒙亮，老旺爹就起身上山去，没有打到猎物，却发现了一个陌路人，正昏倒在地。这人就是小海仔。

老旺爹将小海仔驮下山来，二杏端水给他喝，他惊恐地盯着老旺爹，倏地，就有泪水漾了出来。

而后，听小海仔说，他是海那边人，是跟人进山收购槟榔的，不料钱财遭劫不说，反被揍打受伤，迷迷糊糊地丢在山上……

老旺爹怜惜小海仔，便收留了他。

有多少回，老旺爹打到猎物，要翻山进城去售，就邀小海仔一同去；可小海仔总是借口婉谢。渐渐地，老旺爹发现，小海仔在人前满脸堆笑，可背地里，却是满腹心事地叹气，有时，他望着山坳出神，二杏喊他几声，他才陡然回过头来。

老旺爹问过小海仔："想家了，就回去看看，大山不留客。"

小海仔却满脸惶惑："不，我留下来陪老爹你，就不走了……"说时他目光抛向二杏；二杏脸热了，转眼望向远方。

然而，老旺爹压根没有想到，小海仔会在他赶山围猎的时光走了……

山里的月亮圆了又缺，缺了又圆；转眼，又半年过去了，小海仔始终没有回来，老旺爹就搁了半年的猎枪，渐渐地，老旺爹深深的眷恋变成一种受骗的失落。

二杏憋不住了，就恨恨地骂起小海仔："爹，他欺骗了我们……"凝在眼眸多时的泪水流了出来。老旺爹没有说什么，只是长长地叹了一口气。

一年过去了，老旺爹开始淡忘了小海仔，又扛起锈钝的猎枪时，小海仔翻山回来了。

有两名作者拿出应征续尾去找符浩勇；符浩勇为他们审定的结尾如下：

结尾一：

小海仔跪伏在老旺爹的脚下，哭道："老爹，原谅我不辞而别，如今才回来，一年前，我杀了人，是一个逃犯，是你收留我，救了我，我才有勇气去投案，今天，我被提前释放了……"

老旺爹俯身扶起小海仔，老旺爹欣慰地说："不枉你待在山上一年，你缠在心头的愁结终得解开……"

小海仔转眼投向二杏；二杏鼻子酸酸地泪流满面……

结尾二：

小海仔跪伏在老旺爹的脚下，哭道："一年前，我是一个逃犯，多亏你收留了我，才躲过了追捕……可这趟下山去，我发现我杀的人，没死，还活着……"

老旺爹欣慰地对小海仔说："不枉你待在山上一年，你缠在心头的愁结终得解开……"

"不！"小海仔露出狰狞的面目，咬牙切齿地说，"我为自己无辜困在山上而愤恨，我又杀了他，我又逃出来了，请你收留我，这辈子，我再也不下山了。"

老旺爹听着连连退了几步；二杏在一旁愣着不敢相信。

与春天约定

初冬的傍晚，寒风刺骨透凉，街面上的喧闹及浮躁趋于沉寂而安详。

　　张新随着胡强走进了一家咖啡馆，气氛一下子同外面隔了开来，让张新觉得温暖。他不知胡强会有那么大引力，多年来召唤自己和他形影相随。如果不是两人一起蹲过监狱，或者外人不知胡强的前科的话，从气质看，胡强是一个可以信赖的人。前些年，张新租店修手机，可后来手机贱得可怜，只好关门。也许就是这个时候，没钱花也没事做，胡强闯进了他的生活，他不由自主地跟着他三次偷盗后，便被送进了监狱。

　　"你好像有什么心事？"胡强点了一份牛排。

　　"哪有！我还能有什么心事？"张新否认，叫了一份扬州炒饭。

　　"最近出门吗？"胡强盯着张新问。

　　"没有！"张新见到胡强的目光，有些胆怯，"我还能往哪走！"其实，张新明白胡强说的是离开本市，可他眼下并不自由。在狱中胡强很照顾他，没有几个人敢欺负他。但出狱后，他又为胡强挡了一祸。那是他帮胡强给他的朋友送一包东西，没想到交易时被警察逮住了，才知道那包东西是"白粉"。好在第二次入狱只有一年他就出来了。这要感激老警察潘警官。他负责处理相关"白粉"案件，他看好张新精通手机，就力排众议给他办了假释，条件是：假释期间不得离开本市，还有就是发现非常事件一定要及时报告。还对他说过，冬天是最能考验人的，熬过冬天，你会发现春天一切都是自由的。

　　胡强吃完牛排，问："现在几点了？"

　　"八点过半了。"张新看着手机应答，他并不知道胡强约他出来干什么。

　　"好，我们出去走走！"胡强站起来，走近张新跟前时，从衣袋掏出一把匕首，递给他，"拿着，有用的，跟我走。"

　　"大哥，可不能……"张新推不开，只好接着，惊惶地四处张望一下，"你要干什么？"

　　"跟我走就是了。"胡强不等张新反应就出了咖啡馆。张新极度后悔不该跟着胡强出来。忽然他想起潘警官给他说的话，假释期间犯罪，罪加一等；如果阻止犯罪，将功补过，可提前释放，恢复自由。潘警官是他单线联系人。当初莫非潘警官假释他，就是想让他盯着胡强。他觉得应该同潘警官立即取得联系。

趁着胡强去买烟，张新掏手机拨潘警官的号码，可一连拨了三次，对方都关机；他还想再拨，而胡强买烟回来了。

潘警官怎么会关机呢？可能是手机没电了？看来只好给他发短信了，一旦他充电开机就会知道自己的行踪，就会带人赶过来处理案情；或许即使他不开机，自己发出的短信也足可证明他向组织报告过。他对手机十几个按键了如指掌，他在裤袋里就将短信发了出去，内容是：我正被胁迫参与抢劫，在城西东街，急！

张新被动地跟着胡强走进了一家正准备打烊的金店。胡强用刀指一个店主模样的中年妇女，抛出一只布袋，嚷道："老实点，快把钱装进袋里，饶你一命！"说时示意张新上前去制止另一个男服务生。

张新跃步上前，悄声对男服务生说："别慌，快去制服歹徒。"说时，不知从哪里涌起一股蛮劲，迅速迂回还击毫无防备的胡强，男服务生顿悟过来，打晕了胡强。

正像张新所期待的那样，警察来了后就带走了他和胡强。可三天后，他被证实协警报案，获得自由，就像潘警官说的那样，被提前释放了。

张新出狱后的第一件事就是去找潘警官。可他被告知，潘警官被隔离审查了。

他见到潘警官就问："那天晚上，我拨你手机，可你关机了？后来我又发了短信，你没收到？"

"那天晚上，我的手机被没收了，涉嫌嫖娼，你信吗？"潘警官显得很无奈。

"怎么会呢？！你……"张新疑惑。

"连你也觉得不会，可我却无法说清楚。那天晚上，我发现一个团伙涉嫌贩毒，因为情况紧急，来不及向组织报告，我混身在洗浴中心，向一个桑拿小姐探听详情，却被识破，对方竟报警，指证我嫖娼——那个桑拿小姐也是他们一伙的。"

"那你像我一样将事情交代清楚不就完结了？"

"我已交代一周了。"潘警官苦笑，"没人相信我……也许，我这辈子当警察到头了。"

张新想安慰一下潘警官，可不知说什么好，只说："你对我说过，熬过冬天，会发现春天一切都是自由的。"

"会的，谢谢你！"潘警官听了张新的话，皱起的眉头舒展开来，"一定会的。"